CLASSIC

摆渡船当代世界儿童文学金奖书系

奇妙的意外

〔美〕莎伦·克里奇／著　高环宇／译

北京出版集团公司

北京少年儿童出版社

版权合同登记号

图字：01 - 2013 - 5294

THE GREAT UNEXPECTED

by Sharon Creech

Copyright ⓒ 2012 by Sharon Creech

Simplified Chinese translation copyright ⓒ 2014

by Beijing Publishing Group Ltd.

Published by arrangement with Writers House，LLC

through Bardon - Chinese Media Agency

All rights reserved.

图书在版编目（CIP）数据

奇妙的意外 ／〔美〕克里奇著；高环宇译. — 北京：
北京少年儿童出版社，2014.1
（摆渡船当代世界儿童文学金奖书系）
书名原文：The great unexpected
ISBN 978 - 7 - 5301 - 3815 - 1

Ⅰ . ①奇… Ⅱ . ①克… ②高… Ⅲ . ①儿童文学—长
篇小说—美国—现代 Ⅳ . ①I712. 84

中国版本图书馆 CIP 数据核字（2013）第 252217 号

摆渡船当代世界儿童文学金奖书系

奇妙的意外

QIMIAO DE YIWAI

〔美〕莎伦·克里奇 ／ 著

高环宇 ／ 译

*

北 京 出 版 集 团 公 司
北 京 少 年 儿 童 出 版 社　出版
（北京北三环中路6号）
邮政编码：100120

网　　址：www . bph . com . cn
北 京 出 版 集 团 公 司 总 发 行
新 华 书 店 经 销

三河市天润建兴印务有限公司印刷

*

880 毫米×1230 毫米　　32 开本　　8. 25 印张　　240 千字
2014 年 1 月第 1 版　　2017 年11月第10次印刷
ISBN 978 - 7 - 5301 - 3815 - 1
定价：23. 00 元
质量监督电话：010 - 58572393

献给珀尔、尼科

和你们，我的读者

世界瞬息万变……

——维斯瓦娃·辛波丝卡

偶然听到的对话——

爸爸和四岁的儿子：

爸爸：你刷牙了吗？

儿子：刷过了。

爸爸：真的吗？

儿子：真的。

爸爸：告诉我事实。

儿子：什么是"事实"？

妈妈和五岁的女儿：

女儿：我要变成一只海豚了。

妈妈：真的吗？

女儿：真的，我将要住在大海里。

妈妈：此话当真？

女儿：什么话"当真"了？

目录

我是内奥米·迪恩。我在黑鸟树村长大，那儿是乔和努拉的家，他们收养了我。乔总爱讲一些充满惊险的故事，有个故事讲的是一个可怜的男人在赌博的时候输掉了房子，却赢回一头驴。

"一头驴？"那个可怜人哭泣着说，"我要一头驴有什么用？我没法养活它。"

驴子答道："别着急，把手伸进我的左耳朵里去。"

驴子开口说话让他大吃一惊，但他还是把手伸进了驴耳朵，并且拉出来一袋饲料。

男人说道："现在好了。这是一只能派上用场的耳朵，我希望它也能给我带来食物。"

驴子说："再试试我的右耳朵。"

于是，男人又将手伸进驴子的右耳朵，马上就掏出一块面包、一罐黄油和一张肉饼。

乔就这样一直没完没了地把故事讲下去，这个男人不停地从驴子的耳朵里扯出各种各样的东西来。一张小凳子、一个枕头、一条毯子，最后还有一袋金币。

我喜欢这个故事，但听的时候总是心神不宁，因为我老是担心驴子的耳朵里会掉出什么不好的东西来。即使我已经听了很多遍，也还是不放心，生怕那男人从里面掏出一只叩头龟或者短吻鳄，或者其他什么意想不到的不吉利的东西。

乔察觉到我的不安后总会说："这不过就是个故事，内奥米，一个故事而已。"他建议我对自己说："我不在故事里，我不在故事里。"——我不断地重复这句话，真的就不那么害怕了。

所以，每次那个男人把手伸进驴子耳朵里的时候，我都对自己说"我不在故事里，我不在故事里"。但这样做也没用，因为只有当我在这个故事里时，才能觉得它生动有趣。

第1章
树上掉下来的男孩

如果你从没被一个从树上掉下来的人砸到过，那就听我来告诉你，这有多么不可思议。以前，树上落下的坚果打中过我的头。在暴风雨中，树叶、树杈、树枝都曾经落在我身上。当然，还有鸟屎，这谁都经历过。但假如是一个人呢？这可不是能从树上掉下来的寻常物。

他是个男孩，年龄和我差不多，大概十二岁的样子。乱蓬蓬的土黄色头发、棕色裤子、蓝色T恤、光脚丫，死了。

我从没见过他。我马上想到的是，"这是我的错吗？这一定是我的错。"努拉说过哪儿有麻烦，哪儿就有我。也许是她没接触过太多孩子，所以她不懂，几乎所有的孩子都有本事与麻烦同在。

在那样炎热的天气里，我最想做的就是在凉爽的小溪里挖泥巴。我正在想是不是可以过一会儿再去理那个人的时候，他突然开口说话了："我是不是死了？"

我盯着他的头看，他的眼睛闭着。

"既然你能说话，我猜你还活着。"

男孩说："睁开眼睛以后，怎么确定自己是活着还是死了？"

"好吧，你会看见我，看见草地，看见你掉下来的那棵树。所以，我想你应该相信自己还活着。"

"但是，我怎么知道自己是在这儿，还是在鲁克果园？"

"我不知道什么鲁克、什么果园的，所以我非常确信你在这儿，而不是在其他地方。你为什么不睁开眼睛，自己四下看看呢？"

于是，男孩睁开眼睛，慢慢地坐起来，东张西望——他看向青青的牧场，看向远处的牛群，看向他掉下来的那棵大树，看向我，最后他大叫一声："哦，不！"就倒在地上，闭上双眼又死了。

第2章
莉奇

男孩刚一晕倒，我就听见了莉奇·斯凯特汀小鸟般迂回婉转的歌声。她一直认为在户外唱歌的时候，必须使用歌剧中那种高昂的颤音。

"哦，啦——嗯——嗯——蓝蓝的天空，碧绿的草场，啦——嗯——嗯——"就是莉奇，肯定没错。

她是我的朋友，通常情况下，我还是很愿意见到她的。不过，我对于她看到我脚边的那个男孩后会作出什么反应，毫无把握。有时候，她有点小题大做。

"啦——嗯——嗯——内奥米！是你吗？"莉奇在小路中间停下，双手交叉放在胸前，好像在安抚快要跳出来的心脏。

"内奥米！"她朝我跑过来，卷曲的头发随风飘舞。

"哎哟！内奥米，那是什么？是个人吗？"她谨慎地挪到我身后，把我当成盾牌。"他是谁？从哪儿来？他死了吗？"她紧紧地抓住我的双肩问，"不是你杀了他吧，不是你吧？"

"他从这棵树上掉了下来。我想他可能死了，但后来他又开口说话。现在，他又死过去了。"

我跪在男孩身边，把一只手放在他的胸口上。

"还有呼吸吗？"莉奇问，"试试他的脉搏。"

我拿起他的手腕。"有怦怦跳的感觉。"

"哦，天哪！他还活着。你以前见过他吗？他在又一次昏死之前说什么了？"

"好像和一个叫鲁克的果园有关，也许是一个骗子的果园。"

莉奇用脚轻轻踢了一下男孩的脚。"也许，他住在果园里，但是有一个骗子想要杀死他，所以他藏在了这棵树上，结果在你过来的时候——"

"也许我们不应该再把他当个死人来说。"

莉奇仔细端详着男孩的脸。"真的从没见过他，是不是？"

"没见过。"

"内奥米，翻翻他的口袋，看看里面有写着他名字的东西没有。"

"我可不看任何男孩的口袋，无论是死的还是活的。你去看。"

就在这时，男孩哼了一声。莉奇像只螃蟹似的横着蹿到一旁。

"老天啊！我发誓，他一定活着！"她的双手重新护在了脆弱的心脏上。"内奥米，你这个倒霉蛋。要是他的内脏受伤了怎么办？要是他失血过多死了，我们都不知道，怎么办？内奥米，你必须找人来帮忙。"

男孩开口说话了："我在这儿吗——？"

莉奇尖叫着："这是人的声音！"

他仍然紧闭着双眼。"我在这儿，还是在那儿？"

我拍拍他的手。"你在这儿。"

"我怎么才能知道是在这儿？"

"好吧，我再重复一遍，你在这儿。如果你不在，你不会听到我说话，对吗？你也许应该在其他什么地方，但是你没有，你就在这儿！"

"内奥米，你没必要这么严厉。他可怜巴巴地躺在那儿，也许一直在流血，甚至会死掉。他不过就是想知道到底在不在这儿。"

"行啊。那你来吧，莉奇医生。"

"乐意效劳。"莉奇优美地蜷起她的腿，小心地跪在男孩旁边，用最最轻柔的语调低声说，"喂，一切都会好的。我们需要知道你是谁，而且要搞清楚你有没有受内伤。"

男孩沉默不语。

莉奇挪近了一点。"男孩，能告诉我你的名字吗？"

沉默。

"内奥米，你有湿毛巾吗？"

"没有，莉奇，恰巧我没有随身带一块湿毛巾。"

"我觉得，应该在这个既可怜又有伤的男孩头上放一块凉毛巾。"

"我没有。"

莉奇深深叹了一口气，意味深长。"哦，亲爱的。哦，宝贝。"她用手指温柔地触摸男孩的额头，然后靠近去吹。

"莉奇，你在干什么？"

"我在给这个可怜的孩子降温，内奥米。我要帮助他减轻痛苦，直到他清醒过来。"

"如果他一直无法清醒呢？如果他永远地死去了呢？"

莉奇轻轻拍拍他的肩膀说："求你了，一定努力醒过来，告诉我们你的名字。"

寂静无声。

"内奥米，去找人过来帮忙。我陪着这个可怜的、有伤的孩子。去吧，快点。"

但是在我出发之前，男孩又说话了："不要拿走金币。"

"内奥米，他说话了！他告诉我们不要拿走金币！"

"我长耳朵了，莉奇。我听见他说的话了。"我慢慢晃晃他的胳膊，"什么金币？"

寂静无声。

我巡视四周，没有发现金币，便提高了嗓门问道："什——么——金——币？"

"内奥米，不要对这个受伤的可怜孩子大喊大叫。"

男孩睁开双眼。

"内奥米，他睁眼了。"

"看在老天的分儿上，莉奇，我不是瞎子。"

"我叫芬恩。"

　　"内奥米，他说出了自己的名字！他说出了自己的名字！他的名字是芬恩！"

　　"这儿没有什么金币。"男孩说。

　　"内奥米，他说——"

　　"我知道，我知道他说什么了。可这儿没有什么金币，连一块银币也没有，也没有任何绿翡翠、红宝石或者钻石——"

　　"他没说过那些东西，内奥米，他只是提到了金币。"

　　"没有金币。"男孩重复了一遍。

　　莉奇说："听见了吗？没有金币。"

第3章

漂洋过海：复仇
卡瓦娜夫人

在大海的另一边，在爱尔兰的东南海岸，有一座富丽堂皇的庄园。就在内奥米和莉奇得知从树上掉下来的男孩名字的时候，年迈的卡瓦娜夫人在一张精致的羊皮纸上写着写着停了下来。她把笔放到一旁，用手指敲打着桌面。

"好了，现在足够了。"她满意地微笑着，"这将是一次完美的报复，完美的。"

她的同伴派潘尼小姐收好笔，说道："是啊，西比尔，一个聪明绝顶的复仇计划。"

"我们今晚就布置吗？"

"当然了，西比尔。一个绝妙的计划。"

"那么，还得加点果酱和面包。"

"的确如此。是那些来自我们果园的李子酱吗？"

老卡瓦娜夫人爆发出一阵孩子似的欢笑，接着是呼哧呼哧的喘息声。

派潘尼小姐拍打着她的后背，直到她呼吸平稳。"好了，好了，休息一会儿。"

第 4 章
开口说话

芬恩问我们有没有带甜品。

"糖吗？"我问。

"是的，糖——果。"他回答，就好像第一次说这个词似的。

他又问我们有没有糖水。

"糖水？"莉奇问，"芬恩，你想要什么？"

这时芬恩已经坐起来，不停地满身乱挠：挠头、挠脖子、挠肚子，还有脚踝。"你们把它叫作，哦，等等，你们叫作——汽水的，有吗？"

你可以自己看看我和莉奇，我们什么都没带，在哪儿可以藏一瓶汽水？

我说："没有。"

很明显，莉奇觉得我太粗鲁了。于是，她用双手托着下巴，微笑地看着芬恩，对我说："我觉得他需要一些点心，他肯定又渴又饿。"

"我认为以他的年龄，完全可以自己表达想要什么，莉奇，他看得见。"

莉奇没有理睬我。"芬恩，你确定自己内脏没有出血吗？如果你在流血的话，就不能乱动，内奥米会去找人来帮忙。但是如果没事，芬恩，你能不能乖乖地告诉我们你的家在哪里，我们可以护送你回去。"

"不，没用的。"芬恩跳起来回答。

"天啊，"莉奇说，"你确定自己可以站着吗？"

"我很好，很好。"芬恩转转头，甩甩手，轮流抬起两只脚，"我现在要走了。"说着他转身飞快地跑过草地。

"但是，等一下，"莉奇喊着，"等等，等等，芬恩！"她跑着去追，"难道不能让我们送你回家吗？如果你在路上晕倒了怎么办？如果——"

"我自己能应付。"

莉奇再一次捂住了她脆弱的心脏。"可是，芬恩，至少告诉我们你住在哪儿。我们之前从没在这里见过你。"

芬恩左顾右盼之后，仰望头顶的天空。"我住在山上的某个地方。"

"那座山上？"我说，"黑狗的黑暗之山？"

"你们是这样叫它的吗？那就是我要去的地方。"

"但是没人住在那儿，除了——"我盯着莉奇，她也盯着我，"除了阴暗的迪曼斯家族。"

莉奇用手拍了我一下。"嘘。"

芬恩直直地看向我的眼睛，异常平静地说："那儿就是我住的地方，阴暗的迪曼斯家族的地盘。"他边说边继续赶路，有点一瘸一拐的。

"内奥米，看看你做了什么蠢事！"

"什么？我做了什么？"

"你称呼他们是'阴暗的'迪曼斯家族。这太无礼了。"

"每个人都这么说呀，你不也是嘛。"

"但是，不能当着他们——当着客人的面这样说。"

"客人？你从什么时候起把他们当成客人了？"

"哦，内奥米。那个可怜的、受了伤的男孩，让人心疼的芬恩。"

第5章 月亮

莉奇和我一起在小溪里挖泥巴，我们玩了一个小时，也许有两个小时。终于，我们在最上面的碎石下找到一块灰色的泥巴，光滑无比，是块儿做碗或其他什么的好材料。莉奇忍不住开始唠叨。

"内奥米，我忍不住要担心受伤的、可怜的芬恩。如果他倒在小路上，一连几天甚至几周都没被发现，就会孤苦伶仃地死去，然后腐烂，最后被浣熊吃掉，那该怎么办？我简直不敢想下去。内奥米，你猜他是从哪里来的？为什么你觉得他和阴暗的迪曼斯家族一起住在黑狗的黑暗之山上？你认为他们是亲戚吗？那可真是莫大的耻辱。"

我的养父乔是个少言寡语的男人，他曾经这样评价莉奇："一个讲起话来喋喋不休、没完没了的姑娘。"

"内奥米，你觉得我是否该让科普赖特夫妇去调查一下呢？"

"不用，莉奇，我觉得不用。"

科普赖特夫妇是莉奇的监护人。他们严谨之至，并且遵守不管闲事的原则。科普赖特先生的名言是："我什么都不知道，不关我的事。"

如果你问起他的兄弟内德，他会说："我什么都不知道，不关我的事。"

如果你问他的另一个兄弟是不是已经出狱了，他会说："我什么都不知道，不关我的事。"

在莉奇的父母相继去世后，她就和科普赖特夫妇一起生活，已经两年了。她说她的妈妈死于"疾病"，爸爸死于伤心过度。她唯一的姨妈"脑子有点小毛病"，唯一的叔叔在密歇根流浪。科普赖特夫妇告诉莉奇他们会收养她，不过那是在两年之前，后来他们就不再提这事了。即便如此，莉奇仍然全心期待着。

"哦，内奥米。"她说，"我知道如果他们能够理顺生活中的一切，就会收养我的。谷仓塌了，奶牛困在池塘里了，电线着火了……他们现在有太多其他事情要操心，我必须等待时机。"

有时候，莉奇会说："我需要到月亮上去站一会儿。"然后，她就仰头朝向天空，闭上双眼，深深地吸气，持续几分钟之后，她会睁开眼睛笑着说："好了，现在好多了。"

莉奇说过，假如你设想自己正站在月亮上，俯视地球，你不会看见那些为烦恼东奔西跑的人，因为他们太小了；你不会看见倒塌的谷仓和落水的奶牛；你也不会看见格兰杰家的坏孩子们在你的白裙子上喷芥末。你只会看见最迷人的蓝色海洋和绿色大地，整个地球看起来就像一粒蓝绿相间的大弹珠，飘浮在空中。你的忧愁烦恼会显得特别微不足道，也许还会消失得无影无踪。

我第一次尝试站在月亮上的时候，看见了无数的人，各个都有麻烦，不停地跑来跑去，吵吵嚷嚷地寻求帮助。那次登月之旅让我心有余悸。

我们在河床挖泥巴的时候，莉奇闭起眼睛，登上月亮。她再次回到地球的时候说："你瞧，好多了。"

莉奇每次从月亮回来都有明显的变化，所以我也必须更勤奋地练习站到月亮上的本领。她一直在水里蹚来蹚去，从头到脚每个地方都在为"那个可怜的芬恩"操心，但是自从站在月亮上之后，她一脸的宁静祥和。

"内奥米！我清楚地知道该做什么了！"

"做什么？"

"你和我，我们一起去找芬恩！"

"我不能去，我必须要回家了。"

"傻瓜，我不是说今天，我说的是明天。"

第6章

漂洋过海：律师
卡瓦娜夫人

律师丁格尔先生到达卡瓦娜夫人家的时候已经很晚了。侦破游戏、果酱和茶点也结束很久了。卡瓦娜夫人的同伴派潘尼小姐前去开门。

"我非常抱歉。"丁格尔先生说，"不过，卡瓦娜夫人说过看完戏之后再来也不迟。"他瘦高的个子，穿着一套整洁的几十年前流行的粗花呢套装，身上带着一股淡淡的樟脑球味。

派潘尼小姐点点头。"当然没问题。对我们来说还不算晚，不是吗？"

卡瓦娜夫人像往常一样坐在炉火旁。那个古老的壁炉让房间里充满了和烟囱里一样多的烟，不过这并没影响到卡瓦娜夫人。

她对丁格尔先生说："查尔斯，你能来简直是太好了。"

"我荣幸之至。"丁格尔先生环视了一下客厅，眨眨眼睛说道，"我发现您把老主人的画像都摘下来了。"

卡瓦娜夫人掸平了盖在腿上的羊皮说："一个愚蠢的人。一个夸夸其谈、心狠手辣的傻瓜。"

"这屋子显得比以前亮堂多了。"

"整个房子都明亮多了，"卡瓦娜夫人说，"而且整个院子、整个果园、整个小镇都亮了！"

"那个人竟然一手遮天，让天下一片漆黑——简直是让人忍无可忍。"

"但是，但是，我们容忍了，不是吗？你要是承受不了，就得去挨饿。不过，终于熬出头了。查尔斯，这有些文件我想请你从头到尾看看是不是都合乎程序。"

派潘尼小姐轻轻地敲敲门，问道："丁格尔先生，您要来杯雪利酒吗？"

丁格尔先生快乐地答道："太好了。谢谢你。"

"西比尔，你要吗？"

卡瓦娜夫人把手指放在嘴边说："嗯，棒极了。"

丁格尔先生边喝雪利酒边看完了文件，他靠向卡瓦娜夫人说："完美至极，西比尔。你看，结果一切都顺理成章，不是吗？"

"那么，你觉得有什么隐患吗？"

"我需要去调查几件事——"

"我一直欣赏你这些年所做的调查。这一次，我希望你亲自去美国扫清障碍。"

"这正是我想做的。"

"我真希望能和你同去，但是我的老腿，哎哟——"她用拐杖敲打自己的膝盖，"这把老骨头坚持不了太长时间了。"

"西比尔——"

"好了，好了，不要再安慰我了。我老得能和那些山比了。现在我随时可以安心地去死，因为我的复仇计划已经一切就绪。"

派潘尼小姐再进来的时候正好听到最后几个字，她说："一个巧妙的复仇计划。"

丁格尔先生起身说道："的确如此。"

第7章

努拉和乔

"我看你是刚从溪边回来吧，小女孩。看看你的脸、头发，还有衣服上都沾满了泥巴。我说得对吗，内奥米？"

她没疯。她就是这样说话的。小的时候，我们一起玩"老巫婆和可怜的小女孩"的游戏时，努拉总是装出尖锐的嗓音说："小女孩，如果想得到香肠，你就必须把房子的每个角落都打扫干净，否则不许出去。"

然后我会用最无助的声音回答："噢，求你了，不要这样，请放可怜弱小的我出去晒晒太阳吧。"

接着，努拉会用木勺子使劲敲着灶台说："不要在我面前哭哭啼啼的，你这个没用的小东西。去扫地、擦窗户、洗盘子、换洗床单……"

"我就是一个悲惨可怜的小女孩。在这世界上孤苦伶仃、无依无靠。"

"收起你的抱怨，丫头，赶快去干活！"

然后，我匆匆忙忙地跑开，发疯似的挥舞着抹布在每样东西上一拂而去，假装打扫。

所以，今天我和莉奇在溪边挖泥巴回来之后，努拉说："你先洗完所有的衣服，刷干净自己的鞋，再去吃晚饭！"

努拉和她的丈夫乔，在我三岁的时候收留了我。我觉得他们一开始并没有打算留下我，但也没去寻找其他安置我的地方。他们说我可以称呼他们奶奶和爷爷，偶尔我也这么叫。但大多数时候我直呼其名：努拉、乔。直到上学后，我才意识到自己和他们没有关系。

如果你第一次见到乔，肯定不会觉得他有幽默感。他又瘦又矮，但却很结实；一双罗圈腿，走起路来左摇右摆的。他特意留着灰白的胡子茬，又短又粗，用来"收拾"淘气的孩子。还有他头顶竖着的几缕头发，也是灰白色的。他从来不笑，总是一副刚刚听到坏消息的样子。乔的话不多，但时常说出一两句让人意想不到的笑话。他自己非但不笑，反而作出茫然无知的表情。每当这时，你必须仔细观察他的眼睛和嘴巴：如果他闭着嘴，但是嘴唇抖个不停，好像正在嚼东西，并且眼睛发亮，那他一定是在和你开玩笑。

努拉和乔在很多方面截然相反。她比乔足足高四英寸，体态丰满，相貌温柔，顶着一头蓬松的暗红色头发，掺杂着几丝白发。努拉的本名叫芬奥努拉，不过多数人简单地称呼她努拉。她对自己的爱尔兰血统和名字很引以为傲，不过，除非你生在黑鸟树村，长在黑鸟树村，并且你的父母也同样生长在黑鸟树村，否则你永远是个外来人，最好收起你"奇怪的言谈举止"。

乔从田里回来，我们三个坐在一起吃晚饭的时候，我和他们提起树上掉下来的那个男孩。

"噢，哪棵树？"乔问。

我说是长着绿叶的那棵。

努拉说："哈哈，小女孩，我知道你在说哪棵树了。是不是长着很多枝丫的那棵？"

乔的嘴唇不停地蠕动。

"就是那棵，努拉。那个男孩从树上掉下来砸在我身上，我以为他死了，他一动不动。"我告诉他们莉奇来了，对着他的额头吹气，以及所有发生的事，包括他拒绝我们的帮助，还有他的名字是芬恩。

"芬恩？"努拉说，"芬恩？不是这个地区常见的名字，不过我倒是认识几个叫芬恩的。的确如此，有芬恩·欧塔努安、芬恩·墨菲、芬恩·欧康纳——那人魅力十足。哦，还有，芬恩·麦克考尔——你最好离他远点。芬恩，是吗？他从哪儿来，现在去哪儿了？"

我说不知道他从哪儿来，但他去了黑狗的黑暗之山方向。

"他不可能生活在迪曼斯家族的地盘，"努拉说，"芬恩？你确信他说的是芬恩吗？"

接下来，努拉询问了男孩的年龄、长相、衣服是否干净、头发是否整洁，还有他是否光着脚，如果穿鞋了，鞋子是否合脚。

那天晚上，我回到自己的房间上了床，努拉探头进来，和我道晚安，然后问："芬恩？你确定是芬恩吗？"

"确信无疑。"

"嗯——我认识几个我这把年纪的芬恩，确实有几个。"

第8章 家人

两年前，我们曾经有过一个老师，但是没教我们多久。她穿着新衣服，留着整齐的指甲，来的时候活力四射。第一天上课，她就给我们留了一个作业，让我们写一写自己的家人。

"哪些人？"有人问。

"当然是和你生活在一起的人啊，你的家人。知道吗，就是你的妈妈、爸爸、兄弟姐妹。"她面带微笑地看着我们，但好像若有所思：这群无知的孩子啊，连家人是什么都不知道。

每个人都一本正经地描写了复杂的家庭关系。第二天，我们陆续走进教室，她要求我们大声朗读出来。前五个人是这样写的：

安吉在养父母家生活，家里有八个孩子和四头驴、七只猫、三条蛇。她的亲生父母还在坐牢。

莉奇和监护人一起生活，他们肯定会正式收养她的。科普赖特夫人有头痛病，所以他们没有自己的孩子。她的生母也经常头疼，是源于"一种要了她命的疾病"；她的爸爸死于"过度伤心"。

卡尔和在车祸中失去双腿的叔叔一起过活。他负责做饭、收拾房间、采购。如果叔叔不喝酒，这一切还都可以忍受。

德拉诺说因为他的家人正在被调查，所以不可以写。

下一个就是我了。我先写妈妈给了我生命，然后描述在我出生的第二天，她看着我说："天啊，我感觉怪怪的。"之后，她把我放在肚子上就死了，到处都是血。在我开始讲爸爸死于传染病的时候，老师阻止了我。

"哦，天啊。"她说，"我的天啊。"她转过身去，在小手提包里翻出一张面巾纸，擤了擤鼻子，背对着我们说，"不好意思，我离开一会儿。"然后，她走出了教室。

大家都转过来看着我，我问："怎么了？是我的错吗？怎么又是我？"

第二天早上，我告诉努拉我不能去学校了，因为我变成了一个精灵。

"真的吗？那和上学有什么关系？"

"精灵是不需要上学的，你知道的。我也不会再穿鞋了，因为精灵都不穿鞋。我要马上搬家……搬到一朵花上去。"

让我们描写家人的老师只待了三个月。她在杂货店告诉迪普夫人说我们"太惨了"。

我们可不认为自己惨，觉得一切都很正常。我们只是渴望有人关心，或者连这一点也不奢求。只希望至少有人不那么自私，可以一直抚养我们。除此之外，我唯一想的就是不要总是我的错。至于是什么事，我也说不清楚，但总之，是一些不好或者出乎意料的事。

第 **9** 章
黑狗的黑暗之山

我和莉奇站在黑狗的黑暗之山的山脚下，这可不是我想要待的地方。

"啦——嘚——嘚。"莉奇柔和的颤音响起来，她对着上山的小路说："看起来相当不错。或许黑狗、黄眼睛和骷髅都是谣传。关于他们的传言，没有一点是真的，我绝不相信迪曼斯家族用镣铐锁住不速之客。多愚蠢的做法啊。简直太——太——荒唐了。内奥米，你说呢？"

"嗯啊。"

"你觉得他们那儿有多少人，内奥米？"

"迪曼斯家？努拉说整个家族也许有五十人。"

"五十人？但，不是只有一个小木屋吗？"

"听说是只有一个。"

"那就对了，内奥米，五十个人不可能住在一个小木屋里。"

乌云密布，凉风习习，微风吹跑了蚊子。小路一边是蜿蜒的毒葛；另一边是丛生的荨麻。一条无毒的小蛇从毒葛爬出，钻进荨麻丛。

"哇！"莉奇说，"哟嗬，可吓死我了。嘿，我们走几步探探情况，好吗？"

"好吧！"

"十步，我们先走十步或者三十步。"莉奇边走边唠叨，我不情愿地跟着。她说："我搞不明白为什么大家对可怜的迪曼斯家族那么不友善，我认为那些无法和外人和睦相处的孩子必须在家里接受教育，完全是个错误。如果做父母的能教给他们一些礼仪，或许他们可以与人和平共处，也能像正常人那样到学校学习。"

"我想他们在家学习，是因为每天长途跋涉往返于学校和家，实在太远了。"

"喂，等等！听，听见了吗？狗叫声？"

她说这句话时，好像说的是臭鼬或野猫。

"听见了吗，内奥米？是狗吗？如果是黑狗怎么办，内奥米？那只长着黄眼睛，鲜血淋淋的黑狗，那只直接扑向你喉咙的黑狗，那只——"

我早爬上了最近的一棵大树。

我们侧耳倾听，好像有东西正穿过灌木丛朝我们走来。

莉奇面如土色。"我们要死了。"她惊慌地跟着我蹿上了树。

我们听到一声枪响，接着又一声。一只小红狐狸冲过小路一头扎进灌木丛。一个男孩，拿着枪，不慌不忙地走出来。

是芬恩。

"不许朝那只狐狸开枪，"我喊道，"你敢！"

芬恩转向我和我藏身的树。"谁说我要开枪打它？你们两个在那儿干什么？"

"什么也不干。"

"两个女孩上了树，什么都不做，似乎很好笑。"

"内奥米怕狗。"莉奇说。

"莉奇！"

"真的，她怕狗。"

芬恩说："我没看见狗的影子，不过这倒是可以解释她为什么上树。那你呢？"

"我要陪着内奥米。"莉奇边说边跳到地上。

我本想打她来着。

"难道你不下来吗？"芬恩问。

"我在这儿挺好的。"

"她怕狗。"莉奇又重复了一遍。

芬恩抬头看着我说："你？我怎么听说，是你把鲍·迪曼斯打出黑眼圈了的？"

"谁告诉你的？"

"鲍自己说的。"

"他自找的。他总是给我下绊儿，让我摔个嘴啃泥，我实在烦透了。"

芬恩点点头说："我还听说你打掉了一个男孩的牙？"

"那颗牙早就松了。"

"你还有一只想象出来的宠物，是只恐龙——"

"你肯定听说了不少吧。"我说。

莉奇觉得需要缓和一下气氛，便说："她的恐龙没有牙。

它喝果肉奶昔，只喝果肉奶昔。"

"是吗？"芬恩盯着我问，"在我看来，像你这样野蛮的女孩不应该害怕狗啊。"

莉奇说："她爸爸被狗吃掉了。"

"你说什么？"

"莉奇，你闭嘴。"

莉奇耸耸肩接着说："真的。你再看看她那只萎缩的胳膊，也是狗的杰作，差点就咬掉了。"

"莉奇，你这个没心没肺的家伙。"

芬恩张大了嘴，看看我又看看莉奇，来回看着我们俩。

我一直在树上没下来，舒服自在。

"男孩芬恩，"莉奇说，"在山上迪曼斯家族的地盘里真的住着五十人吗？我的意思是，我明白这不关我的事，但是人们一直在谈论说至少有五十人在那儿。但我说，'怎么可能，迪曼斯家族的地盘总共只有那么小。'到底是不是？"

"我想没有五十人。反正我没看到那么多。不过，可能有五十只狗——"

"什么？"我差点把早饭吐出来，"五十只？"

"我没有认真数过。"

一件神奇的事情发生了。我卡在树上，想起那些狗，胆战心惊，却突然对芬恩产生了一种好感。不知道为什么。他站在那儿，阳光洒在浅棕色的头发上，脸蛋上点缀着几颗小雀斑，整张脸泛着愉快的金色阳光，他的右眼下还带着一小块儿泥。他和我见过的其他人都不一样，他的一切都自然得体，可不像我周围那些笨男孩。他的嘴角稍稍上翘，给人感觉一直在笑，或者马上就要笑出来了。

莉奇说："男孩芬恩——"

"你干吗不直接叫我芬恩？那才是我的名字，我不叫男孩芬恩。"

"好吧。芬恩，山上真有一只邪恶的黑狗走来走去，威胁山外来客吗？"

"我从没听说过，我也没在那里待多久。"

"你从哪儿来？你什么时候到这儿的？"我忍不住问出来。当我想了解什么事的时候，马上就要知道答案。

"内奥米！"莉奇说，"内奥米·迪恩，你问得太多了。也许男孩不愿意告诉我们他从哪儿来，还有什么时候到这儿的。"

"莉奇，或许男孩可以自己决定。"

"说来话长，"芬恩说，"这有点复杂。"

第 *10* 章
漂洋过海：狗都睡了
卡瓦娜夫人

　　卡瓦娜夫人坐在梨树下的轮椅里，膝盖上搭着一条蓝色毛披肩，脚边蜷缩着两只黄白相间、毛色光滑的猎犬。它们是一窝所生的姐妹，专门追赶狐狸的，突出特征是修长的腿和温驯的长脸。

　　卡瓦娜夫人舒服地从拖鞋里拿出一只脚，轻轻地放在近旁的一只狗的前腿上说："好了，好了，赛迪，没有人可以将你和麦迪分开。"

　　头顶上有两只小松鼠在树枝间追逐嬉戏，震下一片片落叶和一块块的树皮。卡瓦娜夫人看着这些碎片飘落到地上，想起了很久以前的一天，那是在杜凡的小村子，妹妹一边大声叫着"西比尔，西比尔！"一边跑过草地。

　　此时，正有另外一个人从草地走来。卡瓦娜夫人眯着眼睛看了一下，是派潘尼小姐。

　　"西比尔，西比尔——"

　　派潘尼小姐气喘吁吁地叫着。

　　"西比尔，有客人。"

第11章 蛇形桥

我问芬恩从哪儿来，他反问我："你知道蛇形桥在哪儿吗？"那时芬恩坐在地上，莉奇站在旁边，我还待在树上。

"什么样的蛇形桥？"莉奇问，"你说的是那座摇摇晃晃的破桥吗？我们附近有很多。"

"我的意思是，它的名字叫作蛇形桥。"

我说："从没听说过。"

芬恩开始形容那座桥。它是一座弯弯曲曲的木桥，跨在一条窄窄的小河之上。他在土地上画了一幅示意图。

"看起来真够傻的。"我说。

芬恩说这样设计是为了让后面

追赶的魔鬼来不及拐弯，在半路一头栽进水里。

莉奇说："想想吧，我真高兴魔鬼摔得粉身碎骨！简直太聪明了！"

"除非你相信真有魔鬼，而且相信他们不会拐弯，在半路就累趴下了。"我说。

"听起来好像树上那姑娘不相信真有蛇形桥。"芬恩说。

我好像突然被排除在外了，我可不喜欢这感觉，便说："树上那姑娘有名字，她叫内奥米！我可没说过不相信有蛇形桥，我只是不相信有魔鬼。"

"你不相信有魔鬼？"

莉奇抱住自己，好像很冷似的，说："哦，我信，我百分之一百地相信。也许内奥米不信，但我相信。"

我说："那么，你就住在那儿？靠近蛇形桥的地方？"

"不是。"

"那为什么给我们讲这些？"

"因为它很有趣啊。"芬恩伸了个懒腰，打了个哈欠说，"这个地方叫什么名字来着？"

"哪个地方？"莉奇说，"你站的这里，还是周围？"

"哦——"

我说："这个村子叫黑鸟树村。你难道不知道自己在哪儿吗？"

"这附近有什么？"

"什么也没有。"我回答。

"行了，内奥米，我们周围有很多东西。确实，附近有人把这个地方叫作迷失的村庄——不过是个玩笑，明白吗？你知道这儿的人为什么比别处的人晚了一百多年才用上电的吗？哦，也许没有一百年，但也有很多年。而且，至今为止也只有一半有电。现在，离我们最近的村子是三十多英里外的雷文斯沃思——"

"莉奇，你说得够多了。"

"你们两个都住在黑鸟树村？"

莉奇说："对，内奥米一直在这儿，但我只来了两年。两年零一个月。我和科普赖特夫妇一起生活，他们正在准备收养我。你是被收养的吗？"

如果你想要守住什么秘密的话，一定不能让莉奇·斯凯特汀知道。

"黑鸟溪这个地方的学校在哪儿？"

"树，"我说，"黑鸟树。"

"黑鸟树到底是什么？"

"你竟然不知道黑鸟树？无人不知的黑鸟树。"一只蚂蚁在我的衬衫里慢悠悠地往上爬，痒痒的，"莉奇，你告诉他。"

"那棵树的外形像只黑鸟。"

"莉奇，你真无知。不是这样的。"

"就是。"

"那棵树上落满了黑鸟，就像拐角那棵一样。差不多总有一树的黑鸟。这个村子由此得名。"

"你确定吗？"莉奇问。

"当然。而且，这也比一个村子以一棵长得像黑鸟的树来命名听起来好多了。整座小镇，或许全世界也没有一个地方像那样起名字。"

芬恩递给莉奇一根木棍。"给我画一张这个小镇的地图。告诉我我们现在的位置、你们的住处，如果有商店的话也告诉我，就是卖汽水、泡菜、钉子，或者其他玩意儿的地方。"

莉奇照做了。就在脚下的地面上，她画了一幅黑鸟树村的地图。莉奇除了画出我们两个的家和迪普杂货店之外，还加了一些我永远不会踏足的地方，比如疯子科拉的家和女巫威金斯的地盘。我在树上差点被她画的地图气死，要是我来画，会和她的截然不同。她把所有的东西都挤成一团，一点不考虑比例关系。就说迪普杂货店吧，画了那么大的一块儿，是任何一座房子的十倍大。但凡有脑子的人都知道，杂货店只有一个破窝棚。要是我画，我会把它画得很小，还有点歪歪斜斜的、好像马上就要倒在路上的样子。

芬恩对着地图研究了一会儿说："我应该已经全记在脑子里了。"他站起来，转过身，"该走了。嗒。"

莉奇举起一只手说："嗒。"

芬恩走远了之后，我问："嗒？什么意思？你从什么时候开始说'嗒'的？"

"自从男孩芬恩这么说开始。"她说，"你想一直待在那棵树上过夜吗？内奥米？"

"不，我可不想。"我爬下来，正好站在地图中疯子科拉的房子上。

　　我六岁生日的时候，努拉做了一个娃娃送给我。娃娃一脸友善，身体软绵绵、黏乎乎的，一头红色的鬈发如丝般柔顺。她穿着白色的棉线裙和黑色的毛毡鞋。我一见到她就爱不释手，所以给她起了个名字叫索菲亚。我记得我对努拉说过："有了索菲亚，每件事都不一样了。一切都不同了！"我带着她去每一个地方，给她讲每一件事，通过她的双眼看到的一切都是新鲜的。

　　这也就是芬恩所带来的，好像一切都变了。

第12章
又一个陌生人

鸡群跟我、乔和努拉一直和平共处，但它们不喜欢有太多的外人来。如果有人靠近，它们还会乱哄哄闹起来。母鸡散步的时候用爪子刨地，用嘴啄食，搞得院子里坑坑洼洼的，一片狼藉，还不停地咯咯叫。孤僻的约翰尼小姐像个疯子似的到处乱跑，边跑边尖声叫着："咕咕咯，咕咕咯。"我从没听见其他鸡这样叫过。我给鸡起名字的事惹恼了乔，部分原因是我全部用了男人的名字，所以在提到它们的时候我必须得加上"小姐"两个字——约翰尼小姐、丹尼小姐、富兰克林小姐，等等。

就在我琢磨鸡群和它们的叫声时，一下子想明白芬恩让我伤脑筋的原因了。我们第一次遇见他的时候，他讲话的方式听起来与众不同，有点怪怪的。我也不是完全不适应，但那的确不是黑鸟树村的讲话方式。我们习惯在每个词的中间拖长腔调慢吞吞地说，但芬恩的语调比较轻快，许多词在空气中飘走了。

　　站在鸡群当中，我意识到芬恩的腔调和努拉的有点像。再次见到芬恩的时候，他的语调很有黑鸟树村的味道了。他会说："学校在马——儿？""哪儿"听起来像"马——儿"，"每件事"听起来像"每——事儿"，这就是黑鸟树村的口音。

　　当天晚些时候，我把这些解释给莉奇听时，她说："他说话确实有点古怪，但我觉得那是因为他伤得不轻，差点死掉。"

　　"那么他是从哪儿来的？这才是我想知道的。他从没认真回答过这个问题。"

　　"学校放假了，愚蠢的迪曼斯家族的人也不会去上学，我们可能永远也不会再见到男孩芬恩了，内奥米。除非你还想再闯黑狗的黑暗之山。可我认为我们不该去，你说呢？想想那些狗吧。我指的是除了那只黄眼睛黑狗之外的那些狗，当然了，仅有那只黑狗就足够阻止我们了。"

　　"我没打算重返那座山，也不在乎是否还能再见到芬恩。"这不是心里话，我迫切地想再看见他。细想下去有点难为情，但没办法，事实如此——我仿佛被催眠了，芬恩像病毒一样侵入了我的大脑。

"我无所谓，"莉奇说，"既然你都不介意，我也不介意。"

我们一边聊着暑假，一边走向迪普夫人的杂货店。我们不用上课以后，莉奇的监护人科普赖特夫妇，还有努拉和乔一直没缓过神来，所以还没有人把我们拴在烦人的家务事上。通常情况下，他们大概要用一周的时间，才能发现我们在游手好闲，可这一周快被消磨完了。

我们有不同的家务活。科普赖特夫妇会让莉奇参加一个"帮助穷人"的志愿者活动。我总是和她一起，因为这样我就可以逃脱乔和努拉布置的繁重工作，而且有更多时间和莉奇一起闲逛。

在迪普夫人的杂货店里，几个女人在柜台边紧紧围绕着迪普夫人。低声谈论着，嗡嗡，嗡嗡，像一群乱飞的苍蝇。

"哇呜！他是谁？"

"你说他叫什么来着？"

“戴格尔还是杜格尔？”

“我觉得是——”

“算了，他要什么了？”

“他为什么在这儿逗留？是外星人还是其他什么的？”

“我不——”

“他说他想——”

“想什么？他对什么感兴趣？”

“依我说，这太八卦了。”

“——这个地区。他对‘周围的美景’感兴趣。他是这么说的，腔调古怪，神色可疑。”

“像什么？”

嗡嗡，嗡嗡。

我和莉奇归纳出的信息是一个“优雅的男人”光顾了迪普夫人的杂货店，问了很多问题，包括：村子里住着多少人？有没有公寓？有没有景点值得参观？有河流吗？有人在那儿钓鱼吗？

“咳咳，我真是满脑子糨糊了！”我们离开杂货店的时候莉奇说，“一开始，不知道从哪掉下来一个男孩芬恩，现在又来了一个叫戴格尔杜格尔的男人。也许，接下来我们会被跳着的袋鼠撞倒在路上。真是奇妙的意外。"

"什么？"

"在暑假书单里有一本书叫作《奇妙的意外》，听说又厚又难啃。"

奇妙的意外，像极了我的生活，不过，要把意外的惊喜排除在外。

第13章

漂洋过海：不速之客

卡瓦娜夫人

"西比尔，有客人——"派潘尼小姐停下来喘气。

"来的人够多了。"

"你不会欢迎这个人的，我发誓你不会。"

"帕迪·麦克考尔，是他吗？"

"就是他。"

"那么最好把我藏进菜棚里。"

"他已经看见你了。往那边看，别死盯着，看见他了吗？就在玫瑰花丛旁。"

卡瓦娜夫人在派潘尼小姐身边左藏右躲。"哦。帕迪·麦克考尔还活着。最好给我一把枪。"

"噢，西比尔。"

"要不来把斧子？"

第14章
女巫威金斯

当我和莉奇从迪普夫人的杂货店出来，聊着陌生人戴格尔杜格尔，一路沿着猪肉街往家走的时候，忽然看见芬恩出现在前面上坡的地方，他刚迈出女巫威金斯的房子。我的心里好像有只兔子在扑通扑通乱跳，目瞪口呆地拉了拉莉奇的袖子。

"内奥米，快住手。这是我唯一一件扣子齐全的毛衣了，你还在扯——嗨，嗨，你看那是谁。从女巫威金斯的房子里走出来的是男孩芬恩，噢，天哪！"

芬恩朝我们招手："喂，爬树的姑娘们。"

莉奇对芬恩摇着手指说："男孩芬恩，你刚到这儿不久，所以进进出出必须要小心。你知道住在那所房子里的是什么人吗？"

"一位叫黑兹尔的女士。"

"黑兹尔？"莉奇盯着芬恩，好像他在讲外语，"那是女巫威金斯的住处，众所周知她吃过比你还高大的男孩。你还活着真是太幸运了。"

"她吃男孩？真的吗？"

"你难道不知道应该躲女巫远点吗？你当初为什么走进去？我很担心你，男孩芬恩。你在里面的时候吃过什么，喝过什么吗？"

"我尝了几块饼干——味道有点奇怪，嗯，可能有点。还喝了一两杯红色的饮料。"

莉奇把手放在芬恩的额头上。"你有什么感觉？"

"有一点怪，似乎有一点。"

"内奥米，他觉得有点异常，他吃了奇怪的饼干，喝了红色的液体。"

"莉奇，我就站在这儿，我不是聋子。"

"我有点晕。"芬恩说。

莉奇马上行动。"这儿，这儿，把你的胳膊放在我肩上，对了。"

我认为有必要去另一边架起芬恩，便说："把另一只放在这儿。"

我们三个磕磕绊绊地走在路上。我必须承认芬恩的胳膊搭在我的肩头上，这种感觉棒极了。在猪肉街和中央路的拐角，我们把芬恩安顿在一条长凳上，分别坐在两边支撑他。

"哦，你在女巫威金斯家里看到什么了，男孩芬恩？"

"很多东西。大约有一千只鸟——"

"死的还是活的？"我问。

"活的。"

"那里怎么能装得下一千只活鸟？"莉奇说，"它们都待在哪儿？为什么我们没有听见过嘈杂的鸟叫声？是不是到处都是鸟屎？"

芬恩的左腿几乎靠在我的右腿上。他的左胳膊肘顶着我的右胳膊肘，两只胳膊挨着。

"我看见了五口，也许是十口棺材。"芬恩说。

"敞开的还是盖着的？"我问。

"盖着的。"

莉奇问："是人的尺寸吗？她从哪弄来的那些棺材？是空的还是装着人？天啊，内奥米，他在那儿看见了棺材，棺材啊！一千只鸟和棺材。"

"没错，莉奇。我确信自己全听见了。"

芬恩突然自己站起来，摇晃着脑袋好像在轰苍蝇一样，说道："谢谢你们，现在我必须走了。"

我不想让他走。我不能忍受他要离开。我想要一把抓住他的衬衫，乞求他留下。但是，我马上就意识到自己为了一个男孩这么做，傻里傻气的。真庆幸没人看透我的心思。

莉奇说："等一下，男孩芬恩。你确信自己全好了，可以一个人走吗？你要去哪儿？你不想要个帮手吗？"

"我没事，我从这儿去上面的科拉女士家。"

我猜到莉奇的头一定要炸开了。"男孩芬恩！千万不能去。疯子科拉的家，你绝对不可以去。科拉是疯子。内奥米，他要去疯子科拉的家。告诉他不要去。"

我看着芬恩，芬恩也看着我。

我说："莉奇，我认为只要这个男孩愿意，哪儿都可以去。"

"好吧！我非常希望这个男孩清楚地知道，我们不可能随叫随到地解救他。"

我在脑子里反复说："我会。我会时刻准备着去帮助他。"

莉奇和科普赖特夫妇住在闹市区，因此莉奇是个城里姑娘，而我只能算是个乡下女孩。我喜欢有点距离感。如果有人闲极无聊地在我家前院探头探脑，观察我们的生活，研究晾衣绳上的东西，我会很反感。

努拉在厨房的灶台旁，正从碗柜里拿沙拉盆。"哦，你来了，懒丫头。鸡蛋在哪儿？我猜在鸡窝里。去给我捡几个回来，你听见没有？我在这儿等着听你带回来的新闻，但你要先去把鸡蛋拿来，然后边吃玉米面包边和我扯扯闲话。"

我带着鸡蛋回来时，努拉坐在桌边嘟嘟囔囔地说："你干干活，讲讲见闻，让我忙里偷闲休息五分钟，好不好？"

我先给她讲了迪普夫人杂货店里嗡嗡的闲言碎语。

"优雅？"努拉问，"他们说他是个优雅的人？那他不是黑鸟树村的人，肯定不是。也许是来自纽约大城市？"

"他们说他怪腔怪调的。"

"那些大城市的人说话都这样。"

"他们猜他的名字是杜格尔或者戴格尔。"

"也许就是一个来乡下采风的纽约记者。我真搞不懂迪普夫人干吗这么小题大做。"

接着，我告诉努拉我看见芬恩走出巫婆威金斯的家。

"芬恩？噢，想起来了，芬恩，那个从树上掉下来的男孩。你不应该叫年迈的威金斯太太女巫，内奥米，虽然她的大鼻子像个树瘤，笑声震耳欲聋，即便她真的控制着全村的电，你也不应该这样说。"

只要女巫威金斯和人发生争执，就会断电几个小时。

然后，我说芬恩要去拜访疯子科拉。

"那个男孩芬恩就是闲逛，是不是？他怎么认识这么多人？"我正在捡掉在碗里的面包渣，努拉探身靠近我的碗说，"内奥米，你像我经常做的那样加了一点糖在里面吗？"

"是的。"

"那就好。哦，你刚才说男孩离开威金斯家去哪儿了？疯子科拉家？你真不应该叫她疯子，她不过就是失去了大部分记忆，但她肯定不能容忍你这样叫她。"

乔从后面进来，纱门砰地一声关上。"谁不能容忍？你们说谁呢？"

努拉说："老头子，过来揉揉我的脚，我可怜的脚啊。"

"你可怜的脚？谁来管我酸痛的背？"

"啐，坐在这儿。内奥米有一个新鲜报料：一位来自大城市的优雅陌生人到迪普夫人的杂货店打探消息，还有男孩芬恩——"

"哪个男孩芬恩？"

"就是从树上掉下来的那个。男孩芬恩去了威金斯太太家——"

"女巫威金斯？"

"是威金斯太太。然后，他又去了科拉·卡波琳尼的家。"

"疯子科拉的家？"乔把手伸进工装裤的围兜里，挡在胸口上，"在我们辛勤工作之余，听到有些陌生人在到处参观，四处打听，我真是太高兴了。嗯，是的。这给了我莫大的安慰。"

努拉说："说起工作，对了，工作。内奥米，我觉得你这周很闲，看来要给你安排暑期的家务活了。"

"倒霉，"我说，"可怜可怜我吧。"

第15章
仓库

在努拉和乔的家与田地之间，有一大间红色的旧房子。它既不是粮仓也不是牲口棚，而是一个家，里面住着乔的拖拉机、油箱、破家具、旧电器、马鞍、坏了的日晷、箱子、梯子、一大堆工具和各种形状尺寸的小玩意，包括锄头、耙子、斧子、锤子、铲子、螺丝钉、钉子、沥青罐、砂纸、钳子、锯，等等，还有更多的——马桶配件、橡胶垫和一盘盘的电线——总之，维修时用得上的东西应有尽有。

乔从没自诩是修理高手，但众所周知他总是挑战最棘手的活。每年春天，他都会爬上房顶修整在冬天被掀翻的顶棚，到了冬天再被大风刮走，来年春天乔再爬上去重修。他有时用麻线、牙线或者胶带固定马桶。几乎每一个挂钩上都有一两个洞，因为他总是把螺丝或钉子拧错地儿，而且几乎没有什么东西是水平的。乔说那要归咎于他的腿比别人的短一截，所以在他看来是水平的，别人可能不这么认为。

努拉和乔已经商量好了，我除了日常的室内工作和养鸡之外，暑假还要清理干净那个家。

"整个仓库？"

乔说："对啊。"

"也包括阁楼？"

"是的。"

"那个有旧缰绳和马鞍的乱糟糟的地方？"

"没错。"

乔说等我收拾得差不多的时候，他会帮我把大件运到垃圾站。其余的可以现场卖掉，我可以保留收入的一半。

"即使我们卖了，比如说，一百美元，我也可以留下一半？"

"当然。"

我突然兴奋得天旋地转。"等等，阁楼。关于——难道你忘了——那些箱子？"

努拉用手捂住嘴。

乔说:"关于什么?你说的是哪些箱子?"

努拉拍了一下他的胳膊,意味深长地冲他眨了眨眼说:"你忘了,那些箱子。就是那些。"

"噢,噢,噢,那些啊。"乔在胸前敲着手指说,"也许到时候该处理那些箱子了。我们一起做,但不是马上,或许应该等其他事情都完成之后。你看呢?要是那些箱子胆敢找麻烦,我们就踢它。怎么样?"

我忽然想起了乔讲过的那个穷人赢驴的故事,以及他从驴耳朵里拉出来的各种神奇的东西。我对仓库里那些箱子忧心忡忡,最让我担心的是它们会像那只驴的耳朵一样,带来的可能不是好东西,而是坏东西。

第16章

漂洋过海：请求
卡瓦娜夫人

卡瓦娜夫人看着帕迪·麦克考尔犹豫不决地慢慢靠近，手里托着帽子，像个犯错的孩子一样低头盯着自己的脚——他犯错了，的确是。他长得不高但健壮结实，脸蛋红润，乱蓬蓬一头密实的灰发。他的衣服很不合身：衬衫和马甲太紧了，裤子又太肥大，整个一副需要人照顾的样子。

卡瓦娜夫人一边想着"他活该"，一边等他先开口。她可不想替他解围。

"西比——尔——夫人——哦——太太——"

卡瓦娜夫人抬头看着他，好像审视一头闯进果园的好奇驴子。

"不知道该如何称呼您。您一直是我的西比尔，虽然您后来到了马斯特家——老天有眼——我没有——我不——"

"闭嘴吧，帕迪·麦克考尔。你根本不需要称呼我，也根本没必要到这儿来。说正经事，然后滚开。"

帕迪用手转着帽子说："好吧，西比尔，哦，太太——咱们能不能像老朋友那样聊聊？"

"派潘尼！"卡瓦娜夫人朝屋里喊着，"拿把枪来！"

"得了，得了，不要火冒三丈的——"

"你最好赶快说你的事，帕迪·麦克考尔。派潘尼！拿长枪来！"

"遵命，夫人，遵命。我为那只箱子而来。"

"什么箱子？"

"夫人，我独子的那个箱子。"卡瓦娜夫人注意到帕迪·麦克考尔从兜里掏出一块脏兮兮的破布——不能算是一块手帕，迅速地擦了一下双眼。

"帕迪·麦克考尔，别再装腔作势了。我不会心软的。你这个一无是处的人，甚至都不如落在箱子上的一粒土。你最好赶紧离开，否则——派潘尼！哈，派潘尼拿着枪过来了。"

帕迪·麦克考尔害怕地退了退。"你不应该这样对待我，西比尔，你最好仔细想想。我会约见律师的，我一定会。"

"好极了。你能和律师谈谈，这太棒了，帕迪·麦克考尔，要是律师没有笑破肚皮，把你赶出来的话，就让我变成怪物。"

"什么东西！"

卡瓦娜夫人接过派潘尼小姐手里的枪，横在自己的膝盖上，掀起披肩的一端擦拭枪口。她举起了枪。

第17章
孤苦伶仃的人们

莉奇几乎没有家务活可干，因为如果有"人"在科普赖特夫人脚边碍手碍脚的，她就会头疼，所以莉奇会帮我打扫仓库，前提是我帮助她完成志愿服务。她的工作是在穆德金夫人的监督下，帮助教会里"孤苦伶仃的老人"。

星期天，乔、努拉和我都不去参加正式的教会活动，也不去打扰别人。我们有自己的"星期天休息时光"。星期天早饭后，我们会来到户外，随意地坐在一个地方——也许是篱笆上，也许是地上，或者金属椅子上——乔通常会说："瞧瞧我们这片绿色的土地吧，太美了。"然后努拉会接着说："就像爱尔兰的群山一样青翠欲滴。"我一般什么都不说，我只听鸡叫、鸟鸣，或者听远处教堂的钟声。我们会坐一会儿，时间长短取决于天气，最后乔会说："好啦。不用穿什么华丽的衣服就感觉舒服极了。"

我曾经沉醉在这段星期天的时光里，但自从去年开始，我的心里总是痒痒的。我好奇："外面的世界还有什么？"我想直冲九霄，穿越云层，飞过田地，翻过村庄和城市，越过河流和大海，直达爱尔兰的青山为止。"好了，舒服极了。"乔的话打断了我的思绪，我要回家了。

星期天下午，我到教堂找莉奇，然后和穆德金夫人一起去帮助那些可怜的无依无靠的老人。如果你见过穆德金夫人，一定会问为什么她没在救助名单上。她瘦弱得像根火柴棍，薄得像纸一样的皮肤清晰地映出里面流淌的血液；她的脸皱皱巴巴得像一枚干瘪的葡萄干，上面架着一副镶嵌着人造宝石的窄边眼镜；她有一头蓝紫色的鬈发，裹着棕色碎花连衣裙，脚上套一双结实的鞋子。

因为我不属于她们教会，所以她怀疑我能否成为莉奇的好帮手。不过，莉奇告诉她，如果允许我和她一起为可怜潦倒的老人做些善事，也许我会成为她们的一员。

于是，穆德金夫人说："那么好吧，姑娘，这张单子上有你该做的事。"她递给莉奇一张纸，上面蜘蛛爬似的写着她的建议。她念道：

"你要照顾他们的洗漱，包括梳头、系鞋带、清洗。"

"清洗？"莉奇插话说，"您不会让我们给他们洗澡吧？我觉得这不合适，您觉得合适吗？"

"哦，好吧，那不用了，亲爱的，"穆德金夫人说，"我的意思是，也许可以帮他们洗洗脸。"

"打断一下，夫人，您是不是说，他们中有些人病得很重，不能自己洗脸？"

"哦，好吧。如果他们卧床不起，你们就帮他们洗，就这样。"穆德金夫人瞟了一眼她的单子，开始读第二条，"你们要帮忙收拾房间。比如，扫地、擦桌子、洗碗、洗衣服、熨衣服。"

莉奇说："抱歉，夫人，这些好像是女仆的活。难道我们要给他们做仆人吗？"

穆德金夫人翻着眼睛，越过镶有假宝石的镜片看着莉奇，"不是的，你们不是去做女仆。你们可以只替每个人做一两件。哦，亲爱的，你为什么不自己看看这张单子呢。我在周二的中午过来领你去第一家。纸的背面有那些人的名字。"

穆德金夫人急不可待地要摆脱我们，几乎是把我们推了出去。我们坐在迪普夫人杂货店外的长椅上，看完了整个清单。大部分建议不外乎是：大声朗读新闻或《圣经》，喂猫、倒垃圾之类的。最下面是提醒，避免发生下类事件：

严禁烟酒

禁说脏话

不许偷懒

莉奇把纸翻过来，背面有四个名字和他们的地址。前两个是年迈的绅士，住在埃尔姆街十二号的T.坎纳先生和在猪肉街二十三号的A.法利先生。

"你认识他们，对吗，内奥米？尖头顶的是老坎纳吗？还有那个撞上火车，只剩一条胳膊的法利？"

我们接着看另外两个名字。

"不！"莉奇屏住呼吸，"不会吧！"

但千真万确，确实是她们——疯子科拉和女巫威金斯。

"我们不能去那儿。"莉奇说，"必须要告诉穆德金夫人，对不对，内奥米？我们怎么能去那种地方，有一千只活鸟和一堆棺材，加上跑来跑去的疯子的地方。谁也别指望我们会去，是不是？"

　　我在七八岁的时候，曾经爬上离我家最远的一棵大橡树。太壮观了！阵阵微风拂面，树叶扫过我的胳膊和双腿，我在世界的最高处。下来的时候，我脚下一滑，小胳膊也没来得及抓住最近的树枝，就一直落下去，落下去，但我没停止思考"我摔下来了，我摔下来了。"我掉在树坑里，有点擦伤和淤青，但头剧烈地疼。我坚持回到家，乔在等我。

　　"你干什么去了？和熊打架了？还是从树上摔来了？"

　　"那是另一个内奥米。"

　　"什么？"

　　"不是我，是另一个内奥米。她从树上摔下来。"

　　乔和努拉取笑了我很长时间。如果我把牛奶洒出来，他们会说："谁把牛奶洒了？一定是另一个内奥米。"或者说，"另一个内奥米是不是忘了喂鸡？"

　　离开穆德金夫人以后，我在想，或许可以让另一个内奥米代替我去帮助那些人。

第18章
陌生男人丁格尔

那天，我走在回家的路上，突然听见有人叫："喂，爬树的女孩！"

我回头看，只见芬恩轻快地朝我走过来。准确地说，我觉得他是飘过来的。我的脚粘在地上不能动弹，嘴巴张成一个"O"合不上。

"喂，爬树的女孩，等一下。"

等一下？我就算想动，也动不了。我傻傻地想着，"看那漂亮的头发，还有那修长的腿，看他的嘴……"

他来到我旁边的时候说："有个问题问你。"

我费力地挤出几个字："问我？"

"你似乎认识附近所有的人，所以，也许只有你知道这个人。"

他身上带着一股好闻的味道，清爽，好像肥皂的雅香。

"哪个人？"

"伊丽莎白·斯凯特汀。"

"谁？"我声音沙哑地问。

"伊丽莎白·斯凯特汀，你知道我在哪能找到她吗？"

我的心差一点惊出来。"那就是莉奇，"我定了定神才说，"另一个爬树的女孩。"

芬恩笑了，拍着我的胳膊说："哇噻！真的吗！太酷了！她住在哪儿？"

于是，我怀着十二分的不情愿告诉他我朋友莉奇的住处，然后不得不目送他和我挥手告别，奔向莉奇的家。最后，我必须强迫自己拖着灌铅的双腿缓慢地挪回自己家。

我的脑子短路了，好像每一个角落都被病毒侵袭了。

远处，走来一个男人，一眼就能看出不是本地人。他像个长方形——高且瘦——打扮得仿佛要去教堂的样子，西服领带、锃亮的鞋子。

"小姐，您好。"他彬彬有礼，"小姐"的尾音在空中回旋了几秒，"真是个好天儿，您觉得呢？"

"嗯。"

"我一直在闲逛,不知不觉就到了这儿。"

"哦。"我心想,"他一定是那个戴格尔杜格尔。真是怪事,他和芬恩同时到来。"于是我说:"你不会碰巧也认识一个叫芬恩的男孩吧?你认识吗?"

他的头转向左再转向右,像一只觅食的小鸟。

"什么?请再说一遍。"

"一个叫芬恩的男孩,你认识吗?"

他的眼睛骨碌碌一转:"芬恩?你是说芬恩?"

"是的。"

"天啊,芬恩。你说芬恩!"他用一根手指敲着头顶说,"我倒是认识几个,准确地说是好几个。"

"那么你是带一个叫芬恩的男孩一起来的吗?"

"我不记得有这回事。"

"哦,是这样。如果你要找芬恩,他正在科普赖特夫妇家见莉奇。"

"难以置信,"他说,"我可以知道你的名字吗?"

"不行。"

　　"好吧，没关系。嗒。"

　　努拉站在走廊上，双手叉腰。"停电了。又是谁把威金斯惹急了？"

　　"不知道，今天什么都不知道，进仓库待一会儿吧。"

　　仓库的阁楼可以通向月亮。我轻而易举地站到了那儿，睁开双眼，回头看向地球。这次，我没有看见美丽的蓝绿相间的弹珠。我看见芬恩和莉奇在一起夸张地开怀大笑，他们巨大的脸遮住了整个地球。我低头盯着自己的双脚，却又看到红色的熔岩在他们周围翻滚。难道我站错了地方？

第 19 章
我的家

在仓库阁楼的墙壁上有一幅褪色的画，那是我五岁的时候画上去的。两个瘦高的大头像，分别是乔和努拉；他们中间的那个是我——弱小的身躯顶着一个小脑袋，嘴巴用一个"O"代替。他们两边各有一条棕色的水平线，代表地面。其中一条线下面有两个长条的灰盒子，上下左右都画着粗粗的线，每个盒子上长出一朵花。在整幅画的下面，我用幼稚的字体写着：我的家。

我对妈妈没什么印象，当然了，对爸爸的印象也很模糊。我对那些"愉快的时光"没什么记忆，但我却忘不掉恐惧。我只知道那些别人告诉我的事情。

爸爸和我住在乔和努拉家后院的小木屋里。我三岁那年，在院子里玩耍，追着鸡疯跑。爸爸就坐在走廊的台阶上穿豆子。不知道从哪儿来了一只流浪狗，跳进院子，惊得鸡群扑棱着翅膀乱飞。我觉得好玩，尖叫着冲向狗。那只狗肯定是中了邪，或许它把我当成了一只大母鸡。它扑向我，用嘴咬住我的胳膊，左右来回甩。

爸爸把我救下来，但我还是被严重咬伤。结果我们都住院了。一周后，乔和努拉接我出院，但爸爸却永远地留在医院里，他死了。

我曾听努拉对我的老师解释说："她没其他亲人了，真的。我们会一直照顾她，直到她的亲戚露面，但不可能有人出现了。"

我判断不出来努拉到底是怎么想的，因为她的话既听不出高兴，也听不出厌烦。但从那以后，我总想，如果真有那么一天，来了一个人把我领走，会怎样呢？努拉和乔是被迫收留我，还是心甘情愿的呢？

父母的照片挂在我的卧室里很多年。努拉过去时常对我说："这是你妈妈，这是你爸爸。"我便高兴地指着照片重复道："妈妈、爸爸。"不过这些都是机械反应，对我而言，"妈妈、爸爸"只是照片而已。我会剪下杂志上两个陌生人的脸，装上镜框，当他们是妈妈和爸爸。

努拉的房间里挂着一张她小时候和姐姐在一起的照片，也许是她七岁大的时候。她们两个看起来一模一样，穿着粗布裙子，光着脚丫，相互搂着，对着镜头率真地笑。

"那是我被送走之前照的。"努拉曾经说过。

"送走？为什么？"

努拉的表情变得严肃。"因为我们一无所有，"她说，"那些一无所有的人——没有食物，没有牛奶，除了身上穿的再没有多余的衣服，当然也没有一分钱，这样的穷光蛋会被送走或者赶走。"

听她这样说我很担心。"我们有吃的，努拉，不是吗？我们有钱，对不对？"

"是的，如今我们什么都有了。今天我们有食物也有住处。"

"那明天呢？"

"明天，"努拉说，"到了再说。"

努拉以前总给我读书。我清楚地记着一套关于一个男孩和一个女孩的故事,他们千变万化——狗熊、狐狸、雄鹰——想变成什么就变成什么。有一天,努拉给我一本有关恐龙和史前生物的书,其中最吸引人的是翼龙,一种会飞的爬行类动物。从那以后,我就宣称自己将要成为一只翼龙。

"翼龙?"努拉说,"哎哟,天呀。怎样才能变成翼龙呢?"

"心想事成。"

"心想,你行吗?"

我闭上眼睛说:"我想、我想、我使劲儿地想,让我变成翼龙吧。"

当我睁开眼的时候,努拉说:"好像没用啊。"

"还没到时候。明天早上,我就变成翼龙,可以飞了。我要飞啊、飞啊——那时,我住在哪儿?"

我这样神经兮兮的一段时间后,努拉终于说:"内奥米,你不可能一觉醒来就变成翼龙,懂吗?"

"但是,我想了。我全神贯注地想了。"

"你确实不可能成为翼龙的——"

"我能!我想、我想、我用尽全身的力气想——"

"不可能。很遗憾，真的不行。你可以这样想，但永远不会真的成为一只翼龙。"

我伤心极了，好像是努拉阻止了我的愿望成真。

每天清晨，我醒来发现自己还不是翼龙的时候，就觉得自己也不是头天晚上睡觉的那个内奥米了。我不一样了，努拉和乔也不一样了，整个世界都不一样了。我想那时候我已经完全接受没有妈妈、爸爸，而且永远不会再有妈妈、爸爸这个事实了。

过了一两年，有位老师讲了一个年轻骑士远征的故事。情节我全忘了，唯独记着骑士闪闪发光的盔甲、结实强壮的战马和吸引我的金色森林。听老师朗读的时候，我就是那个骑在战马上飞驰过金色森林的骑士。像往常把自己想象成其他人一样，我认定自己就是骑士。我看见他的所见，对一切身临其境。即便老师停下来，我也一直沉浸在书里不能自拔。老师没办法把我从梦里叫醒，只好请来努拉。

我给努拉讲骑士的故事，他闪光的盔甲和金色的森林。她说："内奥米，你知道这就是一个故事，对吗？"

"但'故事'是什么？它就发生在眼前。"我甩甩头，"全算在内，也许都是故事呢。"

那天晚上，我高兴极了，上床睡觉的时候有点飘飘然。要是我能够成为骑士，那么我也能够成为翼龙、雄鹰、狗熊、狐狸或者任何东西。然后我可以想住哪儿就住哪儿，想做什么就做什么；如果我想要个妈妈，我就会有个妈妈，如果我想要个爸爸，也会有个爸爸。我可以随心所欲，拥有一切；我可以四海为家。

第20章
叫芬恩的人

　　因为停电，晚饭只有三明治。乔说："那个女巫威金斯，肯定是有人惹恼了她。也许正是你的那个芬恩，那个从树上掉下来的男孩。你又见过他吗？"

　　"见过。你知道他想知道什么吗？他想知道伊丽莎白·斯凯特汀住哪儿？伊丽莎白！"

　　"是莉奇的全名吗？"

　　"对。伊丽莎白·斯凯特汀。"

　　"天啊，天啊，我是不是要听到了点小心事？"努拉说。

　　"他称呼她伊丽莎白，他想要干什么，他怎么知道她的全名的，他为什么想知道她的住处，我才不在乎这些事呢。"

　　"绝不可能，你不在乎吗？"努拉说，"要不要我告诉你我认识的芬恩呢？听起来跟你的芬恩很像，确实是。知道你的芬恩姓什么吗？"

"他不是我的芬恩，我当然不会知道他姓什么。"

灯闪了一下，来电了。努拉似乎并没有注意到。

"让我给你讲讲我的芬恩。芬恩·麦克考尔，话虽这样说，但芬恩并不是他的真名。不过，这是另一个故事了，我们回到正题。一个阳光明媚的夏日，有个帅小伙来到杜凡，自称芬恩·麦克考尔。我无法忘记他对我的恭维，他注意到我的脏工作服和光着的双脚，他带来牧场的鲜花，并且说他在十六岁时会继承一笔遗产，很多很多钱和大量的土地。没错，他说过吧？"

乔像以前听过似的不停地点头。

努拉优雅地用指尖托着下巴。"他也注意到了我姐姐，恭维她，送给她牧场的鲜花，告诉她两年后将得到一大笔钱和土地，他是这样说的吧？"

乔说："他是个有魅力的人。"

"的确有魅力。我误以为他是一个优秀的小伙子，我真是瞎了眼。"

"瞎了眼？"

　　"我看走了眼。他根本不是什么优秀的人，一点也不。那个叫芬恩·麦克考尔的，他的名字也根本不是芬恩。"

　　"那是什么？"

　　"帕迪。帕迪·麦克考尔。"

　　灯闪了一下，又停电了。

　　当晚我上床以后，努拉走进来。"晚安，小姑娘。不要再想那个男孩芬恩了，把他全忘了吧。"

　　"谁？我不知道你在说什么。"

　　"非常好。"

　　我闭上眼。但是无论如何，总有一个名字和一张脸在我的脑子里转来转去：芬恩、芬恩、芬恩、芬恩、芬恩、芬恩。

第 *21* 章

漂洋过海：蛇形桥
卡瓦娜夫人

派潘尼小姐推着卡瓦娜夫人的轮椅来到蛇形桥边。桥还是原来的样子，迂回曲折地架在一条窄河上。卡瓦娜夫人的狗，赛迪和麦迪远远地跑在前面。

"今天的河水真清啊，派潘尼。让人精神焕发，你觉得吗？"

"是啊。清澈见底，看那些鹅卵石和小鱼。"

"准备好了吗，派潘尼？如果你有本事的话，就比上一次再快点。"

派潘尼小姐在轮椅后屈膝、启动、加速，推着轮椅灵活迅速地转过桥上的每一个急转弯，左、右、右、左、右、左。

"哎哟，不要把我甩出去了，派潘尼。"

82

"那是你自找的，哈哈。"

"嗖！"

到了河对岸好几分钟以后，两个人还上气不接下气。

终于，卡瓦娜夫人开口了："那个愚蠢的老主人，竟然以为这弱智的桥能帮他拦住魔鬼，我才不信。你信吗，派潘尼？如果像他设想的那样，在拐弯处就会掉进水里，那魔鬼一定是个十足的笨蛋。"

"幸运的光环笼罩了他的儿子，不是吗？西比尔。感谢老天，艾伯特一点也不像老主人。"

"噢，艾伯特，亲爱的艾伯特。"卡瓦娜夫人抬起左手，手指上只戴着一个简单的金圈，"一点也不像老主人，他的父亲。我亲爱的艾伯特。"

果园的入口处有一道漂亮的铁门，两侧分别立着一个高高的铁柱子，柱顶上栖息着两只黑铁铸的乌鸦。派潘尼小姐推着轮椅走在正中的小路上，路过成熟的苹果树、李子树和梨树，经过日晷和仙环。果树枝繁叶茂，结出幼小的新果实。两只狗跑来跑去地追松鼠，时不时地对着树大叫几声。

两个人在小路的尽头停下。卡瓦娜夫人指着远处的牧场说："我想，就在那儿。那儿是个好位置，你同意吗，派潘尼？但愿一切顺利。我期盼着丁格尔的电话。也许，明天他会打过来。"

第22章 无所谓

星期一早上，我醒来做的第一个决定就是再也不去找莉奇，再也不问和芬恩有关的事。但她有可能来找我。如果她和我回忆美好的旧时光，我就表现出心不在焉的样子。我无所谓。

我喂鸡。

我无所谓。

我告诉努拉要开始打扫仓库了。

我无所谓。

我走进仓库，转了一圈，回房间对努拉说有件急事要办，然后奔向莉奇家。我一直跑出一个街区才放慢脚步，改成走。

我对自己说："冷静。"

科普赖特先生开门，告诉我莉奇不在家。

"她去哪儿了？"

"不知道，不关我的事。"

"但她是你的……"我退后一步，"我猜你应该知道昨天有个叫芬恩的男孩来过吧？"

"谁？"

"芬恩。"

"福恩？"

"芬恩。芬——恩。"

"不知道，不关我的事。"

我拖着沉重的脚步往家走。

"无所谓。无所谓。我不在乎。我不在乎。"

路过迪普夫人杂货店的时候，我开始思考，为什么大家对陌生人戴格尔杜格尔那么大惊小怪，却没人提过陌生的男孩芬恩？至少我还没听见过。

迪普夫人喜欢说："小孩子是不引人注意的。"

"无所谓。无所谓。无所谓。"

第23章
孤苦伶仃头号人物

因为是第一次，所以穆德金夫人在教堂等我和莉奇，陪我们一同去埃尔姆街的坎纳先生家。莉奇只字未提星期天芬恩拜访她的事，这让我很恼火。她的表现好像没犯错似的。

"啦——嘚——嘚——"她唱着，"T.坎纳先生，啦——嘚——嘚——我们来帮你，啦——嘚——嘚——"

虚弱的穆德金夫人走在莉奇旁边，伸手抓住她。

"行了，姑娘们，"她说，"到了那儿，把你们安顿好以后，我要去隔壁串门。"

"什么？你要把我们单独留在那儿？"我问。

"如果需要我，摇一下我给你的铃铛。"

我随身带着校铃，它差不多有羊头那么大，由一块厚金属连着木制的摇棒组成，能发出沉闷的响声。在遥远的从前，穆德金夫人做老师的时候，一定对她的学生使用过。

坎纳先生坐在一把破椅子里，里面的填充物支支棱棱地露出来，极像一个摇摇欲坠的鸟窝。他消瘦憔悴，头顶尖尖的，像一粒干瘪的橄榄，但是他的小眼睛依旧炯炯有神。我简直无法形容他的衣服，活脱脱就是老电影里的演出服：翻着白色硬领的蓝衬衫、灰马甲、格子裤，清晰的褶边笔挺地插进锃亮的棕靴子里。他一点也不热情。

还没介绍我们，他就说："给我系上鞋带。"

穆德金夫人朝我点点头，我蹲下给他勒紧鞋带。

"不要那么紧，"他埋怨道，"但也别太松。"

穆德金夫人解释我们来的原因时，他盯着她看，好像穆德金夫人是一只迷路的小动物，误打误撞进了他的家。

"她们要在我家做什么？"他问。

"噢，我已经说过了，坎纳先生。莉奇和内奥米是来帮助你的。"

"我不需要什么帮助。"

"也许，她们可以给你读点什么。"穆德金夫人建议。

"我听不见。"

"喂，喂，坎纳先生，你好像能听清我说的每一句话。"穆德金夫人嘟哝着说。

"什么？你说什么？"

"哎呀！不管你愿意不愿意，这两个姑娘要帮你做一个小时的事情。"她转过来，对着我们说，"姑娘们，开始吧。我就在隔壁。"

穆德金夫人刚从外面关上门，坎纳先生就打了一个响亮的饱嗝。"那个女人让我消化不良。"他眯着眼睛观察了我们几分钟，然后说："我建议你们两个，一个去收拾早餐桌，一个给我念点什么，除非你们和那些流鼻涕的懒孩子一样。"

莉奇直奔厨房。我到书架上找书。

"有什么特别想听的吗？"我问。

他用手指指离他最近的桌子说："你可以挑一本。"

我发现一本皮面上带有绿色蚀刻画的书——《世界短篇故事集》。书里的字不是太小，行与行之间的距离也合适，就选它了。坎纳先生仰着头，靠在椅子上听我读了一个小时。我们听见莉奇在厨房里叮叮当当收拾碗碟的声音，还有她的歌声"啦——嘚——嘚，啦——嘚——嘚。"

根本没必要摇铃求助，时间不知不觉就过去了。我深深地沉浸在故事里，开始被爱尔兰的食人兽吸引，后来为狐狸和小鸡着迷，太多了。我们告诉坎纳先生下周二同一时间，我们再来，他点点头。我想他挺高兴的，只是隐藏得很好。

我们刚走到外面，芬恩就马上出现在我的脑海里。芬恩和莉奇。

"啦——嘀——嘀，这比我预想的容易。你不觉得吗，内奥米？可怜的、无依无靠的人啊，水池子里攒了足足两天的碗碟，饭菜全都干在上面了。它们肯定从来没有像今天这样被洗干净过。我收拾桌子、扔掉旧报纸、扫地，我甚至擦地，他看见这些会目瞪口呆的。内奥米，说真的，这个不幸的可怜人永远不可能自己做这些事，知道吗？难道你不心疼这些浑身都快散架的可怜老人吗？还有——"

"莉奇！闭嘴！喘口气。你没有什么要告诉我的吗？"

莉奇双手交叉，放在胸前说："嗨，内奥米·迪恩，你什么意思？你还要我告诉你什么？我有什么必须让你知道的？"她笑着，好像在等我告诉她一个秘密。

有时候，我的确想把莉奇的头装进麻袋里。

第24章
孤苦伶仃二号人物

穆德金夫人在隔壁对着坎纳先生家喊我们："姑娘们，帮帮忙出来吧。我们晚了，你们不知道吗，迟到了！我们还要去另一家。"

"今天？"我觉得没必要一天去两家。我要是不搞清楚莉奇和芬恩之间的事，会死掉的。

"当然是今天。莉奇，你难道没和尼艾玛讲清楚吗？"

"内奥米。内——奥——米。"

我们转向猪肉街，独臂法利住在这条街上，他在布拉德利夫人公寓的后边有一间屋子。我们爬台阶的时候，门颤颤悠悠地开了，优雅的戴格尔杜格尔先生从里面走出来。

"小姐们好！"他撑着门，边说边鞠躬。

穆德金夫人推莉奇进去，回过身来抓住我的胳膊。"陌生人。"她小声说。

走廊里弥漫着樟脑球的味道。

一张带有四根高高床柱子的大床几乎占据了整个房间，床上摊放着白绿相间的被子，蓝色的丝绒沙发和配套的大扶手椅，硕大的玻璃门展柜里装满了瓷器和玻璃器皿，一个高大的深色碗柜，铺着蕾丝桌布的圆形木桌外加两把餐椅，还有一些易碎的小摆件：瓷塑像、玻璃镇纸、精美的碗。我们仿佛走进了一个古董店。

"天哪！"莉奇说，"您怎么有这么多漂亮的东西，怎么可能，法利先生？我从没想过这么小的地方居然装得下这么多有趣的大东西。"

"不是我的。"

我早就该猜到的。村子里的每一个人都知道独臂法利喝威士忌、抽雪茄，是个谜一样的人。据说，他总是被辞退，而且被方圆三十英里内的每一家餐馆和酒吧都扔出来过。一天晚上，他喝多了睡在铁轨上，早上四点一列货车碾过他的胳膊。

在雷文斯沃斯的医院里，他结识了玛丽-玛丽女士，以为自己找到了爱情和信仰，差不多完全改过自新了（穆德金夫人这样说）。但就在那时，他得知玛丽-玛丽比他年轻很多，并且刚刚幸福地结了婚。他离开了黑鸟树村，过了三四年以后才回来，从此就一直闷在布拉德利夫人的公寓里。只有在布拉德利夫人每周打扫卫生，强迫他出去的时候，才离开一会儿。

"这里没有一件东西是我的。"法利先生说，"这些昂贵的花里胡哨的东西不是，这些家具不是，这些、这些，都不是。"他一掌拍在蕾丝桌布上，"这些没用的东西，都是布拉德利夫人的。我感觉自己住进了她的储藏室。"

穆德金夫人向他解释我们为什么来这儿。

"我找不到她们能做的事儿。"他说话的同时突然把头转向莉奇和我，那肥胖、苍白、松弛的大胖脸和光秃秃的头顶。他穿着褪色的蓝牛仔裤、红法兰绒衬衫和棕色拖鞋。

穆德金夫人环视四周。房间一尘不染，床铺整洁，一切都整整齐齐，好像特意打扫过。

"她们可以为你读书。"穆德金夫人试探地说。

"不，她们不行。"

"我说过了，她们行，只要你乐意。"

"不行，她们不行。如果她们非读不可，我就用袜子堵住耳朵。我讨厌听别人念，会让我感觉自己像个小婴儿。我可不是小孩子了。"

"尊敬的法利先生，"莉奇说，"我们更愿意带你出去散散步。今天是个好天气，阳光明媚，绿叶满树——"

"不。我不喜欢散步。"

我真有心给他那顽固的脑袋来一拳。"你到底喜欢什么，法利先生？"

法利先生惊讶地张开嘴，又闭上，一个字也没说。他的样子好像从来没有人问过他这个问题。

"我——我——"法利先生低下头，朝前倾了一下，双手蒙住脸。他好像哭了。

穆德金夫人、莉奇和我站在那儿，呆若木鸡。我凝视着瓷器柜橱，盼望着离开这间屋子，去哪儿都好。我琢磨着，"什么人用这些餐具吃饭？""那是一个小埃菲尔铁塔吗？"在一层架子上，餐具间藏着两只金属做的鸟，大概四英寸高。"是乌鸦，也许不是。"

法利先生在说什么，但我们听不清。

莉奇用手指捅捅他的肩膀，"法利先生，你说什么？"

"见王。"

"什么法利先生？"

"见王。"

"不好意思，法利先生，我们不太明白——"

他猛地抬起头，喊道："面见国王！你们聋了吗？我说我要面见国王！"

"国王？什么国王？"

经过反复询问，我们终于明白他迫切地想见爱尔兰国王。

"爱尔兰有国王吗？"我问，"你确定吗？"

穆德金夫人转向莉奇。"他是要去爱尔兰吗？怎么去？"

"就在这儿！"法利先生说，"他就在此地。"

穆德金夫人移向门口，示意我和莉奇也过去。

穆德金夫人说："我确信这个倒霉的人出现了幻觉，今天不适宜把你们两个单独留下来。我们下周再来吧。"

她靠近法利先生说："现在，我们得走了——"

"爱尔兰？你们要去爱尔兰吗？"

"不是，法利先生——"

"你们要去接国王吗？"

"嗯，国王？对，我们会去打探一下他的消息，看看能不能知道他在哪儿。"

走出法利先生的房间，穆德金夫人在走廊说："这个可怜的人疯了。"她枯瘦苍白的手指在嘴唇上颤抖。"太惨了，真的太惨了。你们两个先走吧。我要去拜访一下布拉德利夫人，看看她是否了解法利先生不幸的健康状况。去吧，别忘了周四我们一起去另外两家。"

我们到了外面，莉奇说："天啊，内奥米，那个可怜的家伙出现了幻觉！我认为他会把自己幻想成魔鬼。我觉得——"

"莉奇，莉奇。住嘴吧，喘口气，收起你的那些废话。你准备好告诉我芬恩的事情了吗？"

"芬恩？怎么了，内奥米，你又想起什么了？"

"别装出一副无辜的样子，莉奇。我无意中知道芬恩星期天的时候去你家找过你，所以，别隐瞒了。"

"他找过我？芬恩去我家了？为什么？快告诉我，内奥米，告诉我怎么回事。噢，求你了，告诉我吧。"

我的头一定是顺着脖子滚下来了，晕晕乎乎的，好在它又滚回了原处。也许是我出现了幻觉。

第25章
关于谎言

　　莉奇从不撒谎，这是一件既让人安心又让人抓狂的事，而且她根本不会撒谎。

　　假设，鲍·迪曼斯问你觉得他戴的那顶可笑的石灰色贝雷帽怎么样，你可能要编个小瞎话。你也许会说："挺酷的，鲍。"如果你说了真话，他会有一箩筐的话等着你。

　　但是，莉奇就连这种小谎也不会撒，而且她也不曾受到过言语的伤害。为什么？因为她对那些碎嘴唠叨的人无动于衷。她会对着鲍·迪曼斯的傻帽子说："嗨，鲍，你戴的什么帽子啊？它叫什么？保暖吗？你夏天戴着它是为了取暖吗？夏天最好换一顶凉快的帽子，或许，这帽子还有我不知道的功能？我怎么以前从来没见过。"鲍张大嘴站在原地，不知道莉奇是在讽刺他还是在恭维他。

假设，穆德金夫人问你，是否觉得她老态龙钟、瘦骨嶙峋、满脸皱纹，快要散架了。你要充分发挥自己的想象力，然后回答："当然不是。穆德金夫人，你离老还远着哪。"否则，她会讲一大通道理教育你不许侮辱长辈。

但是，莉奇会说："您确实显老了，穆德金夫人，不过您那些可爱的皱纹让它以一种最美丽的方式呈现出来。我真希望自己老的时候能有您那样的皱纹。太有个性了，你不这样想吗？"

小气的艾丽丝·克鲁普金斯总是流着鼻涕哭哭啼啼，即便你觉得她是全世界你最不愿意相处的人，也不会直接告诉她，对吧？你可以这样想，但不会真的大声说出来，要不然，她会搞得满城风雨，尖叫着跑到最近的大人旁告你的状。

相反，莉奇会对她说（我对此确定无疑）："艾丽丝，我特别为你担心，你的鼻涕像漏奶的奶牛一样流个没完，我猜你需要休养一段时间，再吃点鱼肝油，虽然我不太喜欢它的味道，但我每天都吃。有时候，为了健康必须忍耐一下，你说呢？"

莉奇不会说谎让人欣慰，是因为无论你问她什么问题，都知道她一定告诉你实话，即使她会为此说一堆话。她不会说谎让人抓狂，是因为如果她在，你的小谎言也无法继续。

正是因为对她的了解，我才对她只字不提芬恩星期天去过她家的事而耿耿于怀。

"真的吗，内奥米？芬恩去我家了？我太希望你告诉我整件事了。"

"我知道他去你家了。他跟我说他要找你，还问了你家的地址。"

"是吗？好吧，不过，他为什么这么做呢，内奥米？难道我在地上画的地图没有告诉他吗？"

"根据地上的草图准切地分辨出每一处房子的位置是很困难的，莉奇。你这是在表明芬恩没去你家吗？"

"我真不知道，内奥米。你不信？如果我知道他来了，我就能明白你在说什么了。况且，我星期天整晚都不在家，怎么可能知道？你很清楚的，我那时在教堂。"

星期天的晚课，我忘了。我为自己胡思乱想莉奇隐瞒了我而感到惭愧，但对她还是有点抵触。我把这归咎于芬恩选她家作为第一站。

我给莉奇讲了撞上芬恩，他询问她住址的经过。我尽量说得很随意，好像没什么大不了的。

"内奥米！这是不是太稀奇了？我很好奇他为什么想知道我住在哪儿。他还想知道别人的住处吗？难道不奇怪吗？芬恩是一个多么迷人的男孩啊，你不这样认为吗，内奥米？"

我酸溜溜地什么也没说。

第 **26** 章

漂洋过海：来电
卡瓦娜夫人

轮椅停在果园的树荫下，卡瓦娜夫人舒服地把双脚放在一只猎犬的后背上。两只狗面对面地趴在地上睡得很香，也许是梦里，也许是空气里，传来某种声音和味道，它们偶尔抖抖耳朵、耸耸鼻子。

卡瓦娜夫人在琢磨谎言，小瞎话和弥天大谎。即使再小的谎言也会带来严重的后果。比如说，十二岁的时候你告诉妹妹从没吻男孩子，应该算是小谎，对不对？但如果被揭穿了，妹妹的信任就消失了，她的信任比金子还宝贵。

这件事就发生在卡瓦娜夫人和她妹妹身上。她们年轻的时候同时迷上了一个男孩，就是那个可恶的帕迪·麦克考尔。

派潘尼小姐打断了卡瓦娜夫人的思绪。

"西比尔，有消息了，你听了会高兴的。"

"什么消息，派潘尼？"

"您的丁格尔先生来过电话了，相当得意，他说有一些'有趣的复杂'——他就是这么说的，西比尔——'有趣的复杂'。他会在一小时后再打过来亲自告诉你。"

"丁格尔这家伙就是这样。丁格尔是个值得信任的名字。"

两只狗伸了伸懒腰，擤了擤鼻子。

"等一下，"卡瓦娜夫人说，"鲁克来了，我感觉到了。"

她们感到有翅膀扑棱棱地掠过头顶。一只油黑发亮的乌鸦稳稳地落在卡瓦娜夫人伸开的手臂上。狗一动不动。

"你来了，鲁克。我知道你在偷听。今天晚上要格外留意，懂吗？"

鲁克把头转向卡瓦娜夫人，轻轻啄了一下她的肩膀，当派潘尼小姐推着轮椅走向蛇形桥的时候，它跳到了她腿上。

"走了，宝贝。"卡瓦娜夫人叫着她的狗，"我们不妨一起听听丁格尔先生怎么说，嗯？"

卡瓦娜夫人和丁格尔先生交流后说："您的工作做得太出色了！真的，没错！天啊，我很久没有这么快乐过了，派潘尼，你呢？来点雪利酒吧，怎么样？让我们庆祝一下。"

鲁克停在窗台上，卡瓦娜夫人伸出胳膊，它飞过来。

"还有你，鲁克。你也一起来庆祝吧。"

第27章
友谊的裂缝

我整个上午都在仓库里，收拾乔凌乱的工作台，扔掉杂物，整理有用的东西。刚开始的一小时进展很慢，因为我要检查每一件东西：一根根长绳子、一个个乱线团、满罐的螺丝钉、各种各样的钉子、成桶的涂料和松油、机器零件、很多把螺丝刀和锤子。这些最不起眼的东西让我停下来回忆，曾经用它们做过的事情。

那是最近刚用完的一桶绿漆，乔让我用它把我在仓库里找到的古董自行车刷了一遍。我酷爱这个颜色，所以接着我刷了他的一架梯子、努拉珍藏的被当作花箱的奶桶，还有仓库的半扇门。乔和努拉没有我预想的那么高兴。乔只是说："我想你喜欢绿色。"努拉看着她的奶桶说："它有点……太绿了，不是吗？"

工作台上的一个乱线团让我想起一件往事，那时我五岁，也许六岁，我用一团线分割了整个鸡场，给小鸡创建了它们自己的小房间。努拉在天擦黑的时候出来，绊倒，摔断了手腕。

她既没大喊大叫，也没批评我。只是对我说："这是给小鸡建的房间吗？"

在仓库里流连了一个小时后，我痛下决心。九个空桶？没必要留九个，扔掉六个。六个线球？扔三个。生锈的钉子？全扔掉。不断增长的废品堆积成山，挡住了仓库的门。

"喂，爬树的姑娘。"

是芬恩的声音。

他真的来了，站在门外，晨光使他全身笼罩在白色的光环里。我不知道他怎么能无声无息地靠近仓库，不让那些鸡叫。

"我不是'爬树的姑娘'。我叫内奥米。内——奥——米。你怎么能清楚地记住莉奇的名字，却不能记住我的？"

芬恩露出他特有的温和亲切的笑容。"好的，内——奥——米。不过，也请你记住我叫芬恩，不是男孩芬恩。"

"没问题。"

芬恩低头摆弄废品堆里的一个锡杯，"你把这些都扔了？"

"对，太多了。"

"我可以拿走两个吗？"

"随便拿。"

芬恩捡起一个线团。"这个呢？我可以用吗？"

"送给你。你要它做什么？"

"有用，当原料。"芬恩挪近一点，"看起来你很忙。"

"我？噢，不。我？"

"好像你要把这间仓库清理干净。"

"我？"

他再靠近一点。"也许，你需要一些帮助。"

"啊，我？"

芬恩现在直直地站在我面前。"我喜欢你的脸。"

"我的脸？"

"内奥米！啦——嘚——嘚！内奥米！你在吗？我来帮忙了！"莉奇·斯凯特汀来了。鸡在她脚边乱啄乱叫，她照样轻松欢快地进来了。"噢，是男孩芬恩！"她尖叫起来。"天大的惊喜——惊喜！啦——嘚——嘚。在这儿见到你，真好笑。内奥米和我昨天还在谈论你，男孩芬恩。内奥米说你星期天来找过我，是吗？你为什么找我？你想做什么？嘿，你瞧，内奥米。你浑身脏兮兮的，你干吗了？"

你有一个好朋友，最亲近的朋友，甚至比姐妹还亲，可是，如果有一天，你希望那个人从地球上消失，该怎样办？我曾经无数次特别想给莉奇的嘴贴上胶条，但从没想过让她彻底消失。在仓库的那天，我的嘴受到磁性的作用刚刚碰到芬恩，莉奇就用她的颤音唱着"啦——嘚——嘚"破门而入，我从心底希望她能随一缕轻烟飘散得无影无踪。

从那以后，我就不喜欢她了。不，是恨她。我恨她没心没肺地喋喋不休，看不清自己像个泄密的傻瓜。我恨她自以为是地感觉自己够朋友，事实上很多时候她都好像故意让我难受。

莉奇闯进来以后，芬恩说："嘿，你来了，莉奇。你愿意我称呼你伊丽莎白吗？"他的反应让我更难受。

"你干吗不叫她'爬树的姑娘'？"我问。

莉奇笑容满面地说："男孩芬恩，你怎么叫我都可以。我一点也不介意别人怎么叫我，只要那名字不邪恶不残酷就行。多数人叫我莉奇，很少有人叫我伊丽莎白，有一个人叫我'爬树的姑娘'，啊哈！我的监护人——很快就会成为我真正的养父母了，偶尔叫我伊丽莎白·尼阿玛。尼阿玛是我中间的名字。你要写成尼阿玛，但叫起来像尼娅。"

"你从没告诉过我你中间的名字是什么。"我说。

"嗨，内奥米，你也从来没问过！我也不知道你中间的名字，不是吗？我也不知道芬恩中间的名字，不是吗？"

"我喜欢你的声音。"芬恩说。

他开始和莉奇聊。我想堵住莉奇的嘴。

"我的声音？你这么说简直太讨人喜欢了。我想我肯定满脸通红了，有没有？我是不是脸红了？"她把双手捂在脸颊上，"噢，真的很热，我一定是脸红了。内奥米，快来救救我！男孩芬恩，你难道不喜欢内奥米的声音吗？我觉得她的声音很甜美，对于一个女孩来说，虽然有点闷，但比起我这种尖嗓门，很多人更喜欢她那种低沉的嗓音。"

莉奇一直没停嘴，直到芬恩说他要走了。"你要赶着去哪儿，男孩芬恩？你要回到迪曼斯家族那儿去吗？你喜欢住在黑狗的黑暗之山吗？你难道不害怕吗？还是你要去疯子科拉家？或者去女巫威金斯家？你不能去。我真搞不懂你为什么去如此……如此奇怪的地方，况且那里住着如此怪异的人。你为什么这么做，男孩芬恩？"

芬恩似乎被问傻了。"我不知道应该先回答哪个问题，所以可以的话，我就都不回答了。"他对着我和莉奇微笑，慢步走出仓库，消失在视线里。

"好吧！"莉奇说，"他是可以留下来帮把手的！老实说，男孩子们为了逃避工作，什么事都做的出来。还是我来帮你吧。你想让我干什么？"

这是一个很难回答的问题。我希望她倒地，突发心脏病，死掉。我希望鸡在她的头上啄个洞。我希望她嗖的一下飞到她珍爱的月球上，并留在那儿。

"莉奇，我累死了。我一上午都在这儿，我现在只想冲个澡，然后睡个长午觉。"

"内奥米，可怜虫。我完全理解。你马上停止工作，不要管我。"

"我不会的。莉奇。我不会管你的。"

"好极了！"莉奇穿过院子的时候，鸡群蜂拥而至团团围住她，"嘘，嘘，走开，你们这群蠢鸡。走开，走开。"她转身朝我招手，"我可能还来得及追上男孩芬恩！再见，内奥米，再见！"

噢。是的，我应该管住她的。

第 **28** 章
不要太亲密

我小的时候，乔发现我用自己喜欢的破毛毯给小鸡做了一个摇篮，就对我说：

"内奥米，不要和小鸡这么亲密。"

"为什么不？"

"不要太亲密，不要和鸡群太亲密。"

"为什么？"

"因为……"

几个月以后，在一个飘着毛毛雨的清晨，我趴在走廊的窗台上努力想看到外面的院子。乔从仓库走出来，抓住一只小鸡的脖子——是巴迪小姐——使劲甩到一棵大树干上，然后举起他的斧子，砍下小鸡的头。没了头的巴迪小姐摇摇晃晃，在院子里跑了几分钟以后倒下了。

"晚餐好了！"乔在厨房的窗边喊努拉。

我猜你肯定会说这事给我留下了阴影。

在我的脑子里，那一幕莫名其妙地和被狗袭击、鲜血淋漓，还有我和爸爸的胳膊搅在一起。有一天晚上，我梦见州长到我家来抓我和爸爸，他把我们带到无头的巴迪小姐旁，让我们把自己的胳膊放上去，然后他再砍下来。咔、咔、咔。

我不轻易相信人或动物。芬恩是个例外。我认识他还不到一天的工夫，就心甘情愿地把我幼小心灵的一大部分给了他。

对莉奇却并非如此，第一次和她见面的时候，我被她烦得差点崩溃。"内奥米，你不愿意和我一起坐吗？你是我见过的最聪明的女孩。我要是有你一半聪明就好了。内奥米，我希望自己能像你一样安安静静地坐着。你看起来好像脑子里在放电影，你在看吗？给我讲讲！你愿意吗？内奥米，你是怎么记人名的？怎么记住的？名字在我的脑袋里就像流言蜚语一样，跳进跳出。"

经历了那天上午和芬恩在仓库的事情后，我开始考虑是否该对莉奇那么友善。如果她不是我真正的朋友怎么办？

我洗完澡，躺在床上，闭上眼睛，感觉浑身发沉，好像要陷进床垫里深深地熟睡。我看见芬恩的脸一点一点地靠近我。

"内奥米？"

"啊？啊？"

"醒醒，孩子，是我。"努拉站在床尾。

我情不自禁地长叹一声。

"怎么了，内奥米？"

"是那个男孩芬恩。"另一声长叹，"我觉得自己快死了，要不就是快长翅膀了，然后可以围着院子飞。"

努拉把指尖放在我的额头上。"哎哟，小姑娘，你有心病了，就是这么回事。喝些加蜂蜜的热茶，然后出去使劲地跑跑，拼命地跑。"

"听着像是在治生病的驴子。"

"有时候闷闷不乐的人和生病的驴子没什么区别。"她拍拍我的脚问，"你又见到男孩芬恩了？"

"他今早来了，在仓库。"

"是吗？我只听见莉奇风风火火进院子的声音，可惜没见到谜一样的芬恩。咳。我一直很想见见他。"

我跑过牧场，奔下小山，沿着溪水飞驰，每迈出一步，芬恩都会闪现在我脑子里。芬恩、芬恩、芬恩、芬恩。在小溪转弯处，我停了下来。他在那儿，是芬恩。也许我可以用心灵呼唤他。

"你在找我吗？"他问。

我像只老狗一样上气不接下气，说不出话来。

芬恩朝我走过来。他是滑过来的。他是飘过来的。我感觉自己要晕倒了。我出现了幻觉。

"内奥米？"

我瘫坐在岸边。"哦，有点晕，没事的。"

他跪在我旁边，伸手摸我的脸，好像一阵微风轻柔地掠过。"内奥米？"

"嗯？"

他吻我的脸颊，如同蝴蝶抖动翅膀一样轻松，我因为害羞而无所适从。我抬起他的手，温柔地吻过他的掌心。

第二天上午，我们要去帮助更多无依无靠的人，在去找莉奇和穆德金夫人的路上，我重温了和芬恩的偶遇。我想要记住每一个细节，这样就可以让一切完美清晰地重现，好一遍遍地身临其境。

我曾经要求芬恩告诉我他从哪来，为什么到这儿，他只是说："我倒是想听你说说。告诉我你来自何处，为什么在这儿，你喜欢什么，不喜欢什么，还有——"

"我对这些没兴趣。"

"但是我感兴趣啊。"他脱口而出、满怀诚意，既不含糊也不害羞。

我们往上面挪了挪，背靠一块圆石坐下。溪水在午后的阳光里波光粼粼，明晃晃地刺眼。芬恩的脸上交织着明暗光线。

我真的不愿意谈论自己。我的身世经历不是那种可以经常反复讲述的故事。不仅仅因为它太沉重，也因为我觉得自己似乎没有了解全部内容。也许到我老态龙钟的时候才能讲吧。

芬恩问起我的父母。我以最简洁的方式告诉他——我妈妈在我很小的时候去世了，还有我爸爸和那只狗等等。

"太不幸了，"他说，"所以你的胳膊成了这个样子？"

我生硬地问："什么样子？"

"受过重伤的样子。"

　　除非在反抗鲍·迪曼斯那类人无理的侮辱时，我从不提及自己的胳膊。我周围多数人都知道我的遭遇，也知道我的右臂有严重的撕裂伤。但是，他们从来没对我提起过。也许它再也不能像左臂一样伸直、强壮，但整体来看也不是太糟糕。

第**29**章
拒绝帮助的人

接下来要帮助的人是女巫威金斯和疯子科拉，我心惊胆战之余，也充满好奇。她们到底有多恐怖？她们家什么样？女巫威金斯真的有棺材和一千只鸟吗？芬恩进去过。或许女巫威金斯会给我讲讲芬恩。

再见到莉奇的时候，我还是五味杂陈的感觉。烦她、恼她，仍然想知道她是否见过芬恩。我打算告诉她我和芬恩的不期而遇，以便让她明白那是我的芬恩。现在说似乎有点不合适，但没办法，这是事实。

莉奇戴了一条橘色的围巾。她刺耳地说："内奥米，我的嗓子疼死了。我可能得了喉炎。"

哈。这回她不会整天对我唠唠叨叨的了。

穆德金夫人坚持让莉奇回家。"你不能把病毒带给那些不幸的老人。快回去。回去，回去！"

我使劲儿反对。我宁愿听莉奇不停地唠叨，也不愿意单独面对穆德金夫人和那两个人。

莉奇无力地和我们挥手告别，另一只手痛苦地圈住喉咙。

穆德金夫人一边催促一边抓住我的手腕："快点，她们等着急了。"

我们在女巫威金斯家的走廊上站了很长时间，又是敲门又是喊她的名字，当然不是喊"女巫威金斯"，而是"威金斯太太"。屋里隐约传出类似一千只鸟拍打翅膀的声响。终于，一声响亮的咔嗒，接着砰的一声，门开了一道缝，链条还在紧紧地拉着门，从上方探出一只眼睛。

穆德金夫人说明了我们的来意，女巫威金斯只说了一个词："不用。"

穆德金夫人说："'不用'？'不用'什么？"

"不用。我不属于这儿。我什么都不想要，也什么都不需要。"

穆德金夫人微笑着说："喂，你看，这个——这个小姑娘和你做伴，你会过得很愉快的。"穆德金夫人笑容满面地看着我，然后再转眼看向大门。

"我还有事没做完。"女巫威金斯说着关上门，从里面上了三道锁。

"行！"穆德金夫人说，"瞧这德行！就算穷困潦倒、老无所依，也要懂得起码的礼貌。"突然，她转身，快且用力地拉住我的手腕，"下周再试一下，我们不会放弃的。这边走，瑞尼——"

"内奥米。内——奥——米。"

"尼奥米。"

"内。内。内。"

"嘘，孩子，你太淘气了。"

我们在疯子科拉的家门口碰到一个穿军裤的男人，他坐在走廊的台阶上，胡子拉碴，腿上搭着一支来复枪。

他说："你们不觉得应该躲远点吗？"

我们停在半路。

"你说什么？"穆德金夫人用她最甜的声音问道。

"莫不要外人。"

"你说的莫是科拉女士吗？她是你母亲吗——年轻人？"

怎么看他都不年轻了，但的确比穆德金夫人年轻。

"你是什么人？"

"年轻人，我是教会女子社团的穆德金夫人，我和这个小姑娘瑞尼来帮助你母亲。"

"她知道你们要来，但她让我告诉你们，她不需要任何帮助。"

穆德金夫人整理了一下她的帽子，有两根羽毛笔直地从她头的右边伸出来。"年轻人，我想最好能听科拉亲口说。"

那个人转头对着屋里吼道："这位女士想听你自——己——说！"

楼上的窗口出现一个人，乱蓬蓬的白发圈着一张惨白的脸。疯子科拉的声音传下来。

"我不需要帮助，我正在打盹儿呢。"

脸从窗口消失了。那个男人冲着我们笑笑。

"听见了？"他说，"我告诉过你们了。"

我不得不承认疯子科拉和女巫威金斯那天拒绝帮助让我很开心。我像得到礼物一样，蹦蹦跳跳地回家了——自由的一天。从天而降的自由感觉更好。自由！

　　我打算先告诉努拉我解放了，然后再到处逛逛。摆脱了莉奇，我可以随意溜达，我盼望着撞上芬恩，我的芬恩。

　　当我转过最后一个弯，就要到家的时候，看见前方路边有一团东西。开始，我以为是一袋子垃圾，但是越走近看越不像垃圾，更像一个人。即使不常见，你也应该碰到过喝醉了躺在路边的人。正常情况下，你会绕开，但这个人挡住了我进门的路。

　　走近一步，我看清楚他不是酒鬼，竟然是乔。我扑向他，站住。在他的头和右臂边上有一摊血。我像个疯子似的尖叫，我从来没发出过那么刺耳的声音。我痛哭，我号叫，我哭喊着求救。后来我发现自己一直在尖叫："狗！狗！狗咬了乔！救命啊！狗！"

　　努拉拿着一把笤帚从屋里冲出来，四处张望着找狗。然后她看见乔，便跑到他身旁，把脸放低贴在乔的脸上。

　　"内奥米，别叫了，这儿没狗。快去找人，以你最快的速度。"

　　我飞奔。我从来没这样跑过。自从遇见芬恩以后，这是我第一次没有想他，但不是最后一次。

第 30 章

漂洋过海：再次来电
卡瓦娜夫人

在大海的那边，这是七月一个阴冷的午后，但是卡瓦娜夫人要求敞开所有的窗户。"清凉的空气、干净的空气、新鲜的空气！"她赞叹道，"让我们摘下那些厚重的窗帘吧，派潘尼。落满了灰尘，你不觉得吗？"坐在轮椅上，卡瓦娜夫人用力拉了一下密不透风的织锦窗帘。

派潘尼小姐说："你说得倒容易。'让我们'，意思好像是'我们两个'一起干似的，但是你真正的意思是指我一个人，对不对，西比尔，嗯？全让老派潘尼独自承担吧，派潘尼就是奴隶！"

"喂，派潘尼，胡说！你这个没脑子的。别说气话。听，来电话了。去听听是谁打来的，好吗，派潘尼，亲爱的？"

"亲爱的奴隶！有时候我真想埋怨丁格尔先生为什么让我们相识。"派潘尼小姐拍拍卡瓦娜夫人的头顶，跑向大厅。她回来的时候说："西比尔，是丁格尔先生。"

"他想要什么？"

"你最好去听电话。"派潘尼小姐推着她进入大厅，规矩地站在一边，卡瓦娜夫人拿起电话。

她说："丁格尔？这么快就来电话了？他是谁？啊？再说一遍！哦，天哪，天哪。是的，我明白。好的，干吧。哎呀，天啊。"

挂上电话以后，卡瓦娜夫人转向派潘尼小姐，说："这确实是节外生枝，不是吗？"

第**31**章
节外生枝

接下来的一周，我从早到晚都是泪眼模糊的，客人进进出出，抑制着悲哀，同样的问题、同样的回答，一遍又一遍：

"是心脏病吗？"

"是。"

"就是心脏病？"

"是。"

"没有征兆吗？"

"没有。"

第一次有人问努拉，乔是不是有征兆的时候，她犹豫了。当天早上唯一特殊的是他说手痒。他伸出手，掌心朝上，说："奇痒无比。意味着什么？"

努拉说："意味着有朋友要来。"

124

乔说："算了，别想了，没朋友！"

整整一周，空气里浸渍着类似的话：

"至少他没受罪。"

"他是个好人。"

"他该进天堂。"

"他是个善良的人。"

"他是个诚实的家伙。"

还有一些发自内心的真诚回忆，很多片段：

"他救过我的驴，知道吗？"

"我们小的时候一起抓青蛙。"

"他曾倾心于我的表妹艾琳。"

"他偷过一个西瓜，为此挨了他爸爸的一顿打。"

人们问努拉"你现在有什么打算"的时候，她茫然地看着他们，好像他们说的是"你是犀牛吗"？

葬礼那天，我发现她站在餐厅，使劲儿拉桌布。我从没见过她如此激动，她用力捶桌子，拼命扯抹布。

"这儿……这个……桌布！看看它——哪哪儿都是……全是褶儿！"她跌坐在身边的椅子里，抽泣，好像她的心正在破裂成数不清的碎片。

我把头靠在她的背上，对着她破碎的心说："好了，努拉。我会把它熨平，我会熨平所有的褶儿。"

屋外，靠近门口的地方站着一个男人，手拿着帽子不停地转，好像在犹豫是否该进来。他就是那个戴格尔杜格尔。他在我们出发去教堂的时候才离开。

我在乔去世的最初二十四小时里神志不清：不吃不睡不动。我能活过来参加乔的葬礼，努拉肯定很吃惊。医生后来说我一定是把看见乔躺在地上，头和胳膊上的伤口咕咕冒血，与记忆中遭到狗的袭击，以及爸爸躺在草地上血流成河的一幕联系起来了。

那几个小时，我感觉自己又一次失去了爸爸——曾经是一个年轻的，这次是一个年老的。有什么东西发生了翻天覆地的变化，好像高山拔地而起；好像蓝天谢幕隐退，一个阴沉昏暗的锅盖扣在头顶上。

短短几天之内，又有了新的变化。我能听见乔的声音，我能够用心看见他：看见他在仓库里，看见他在田地里，看见他在厨房里。我能够感觉到他在附近。不仅仅是听见他、看见他、感知他，而且一切都自然而然，一如既往的真实可信。不过，没过多久我就得知这只是我一个人的幻想。

葬礼结束后，客厅和餐厅挤满了村子里的人，堆满了教会送来的食品。我的耳朵里一遍又一遍地传进同样的话，每个人都在表达伤心和"庆幸"，庆幸乔没有痛苦地离开。我知道他们的好意，但我忍不住想要站在桌子上大喊："闭嘴！别说了！他没死。回家去。"

这时莉奇来了。葬礼前几天她来过几次，可是每次我都躺在床上不想见她。现在，我坐在角落里，无处可躲。

"内奥米，内奥米，小宝贝儿，可怜的人，可怜的小家伙。"

我不知道哪来的邪火，我推开她说："我不是小宝贝，也不是可怜的小家伙，莉奇。"我不能容忍她再次提起乔的死。

她吸吸鼻子，重又凑过来。"内奥米？"

　　我环视了整个房间。"芬恩在哪儿？我想你们两个肯定已经拴在一起了。"

　　"你在说什么？"

　　我不知道葬礼和嫉妒有什么关系，但那天，这两样紧紧地连在了一起。"你懂我的意思，莉奇。别装傻了。从第一次见过他以后，你就一直在找他。"

　　莉奇退后两步。"我是要找个人——"她的眼睛在人群中搜索。

　　"我不需要任何人，尤其是你。"我站起来，推开她，挤出人堆儿，来到院子里。鸡都在笼子里。它们用爪子刨地，做着无谓的尝试，想要回到它们平日趾高气扬走来走去的院子当中去。

　　"喂。"房子的一边响起一个男孩的声音。"喂。"是鲍·迪曼斯。他长着一对招风耳，一套让人看着别扭的小衣服绷在身上。

　　我对他怒目而视。没必要对鲍·迪曼斯有半点礼貌，我把这些年他给我的痛苦都一起还给他。

　　他说："我很伤心。"

"有什么伤心的？"

"关于，你知道的——乔。"

"他有什么可让你伤心的？"

他噘起上嘴唇，像猪那样哼哼鼻子，没说话。

"男孩芬恩在哪儿？"我问。

他再哼哼鼻子。"谁？"

"你知道是谁。那个男孩芬恩，住在你们那儿，和你们——你们那些人还有——那些狗在一起。"

鲍望望天，看看地，又回身看看房子。我想他是准备揍我一顿，先要确认周围没有人。他把手插进兜里。"姑娘，我不知道你在哇哇啦啦说什么。我也不知道自己为什么来这儿。乔杀了我的狗。"

"什么？你疯了吗？"

"他杀了我的狗，大家都知道。"

"好吧，我就不知道。我也是'大家'中的一员，对不对？"

"那你就纯粹是个白痴。"

"我？你说我是白痴？那个留过两级的人是我吗？"

他弯腰捡起一个土块儿。"并不是每个人都和你一样养尊处优。"

"养尊处优"可能是我听鲍·迪曼斯说过的最长的词。

"你说什么？你站在那儿，像一大坨肉，告诉我我比你更养尊处优？那是我吗？我没爹没妈，晃荡着一只胳膊，而且……而且……大家都说乔死了。你把这些都当作养尊处优，鲍·迪曼斯？"

土块儿在鲍的手里被碾碎了，土渣儿掉到地上。

"好吧，我再想想。我本来以为你消息灵通，不过，现在我也搞不清楚了。如果你连乔射杀了我的狗都不知道，那么也许有很多事你都不知道。"

我也捡起了一个土块儿。"我就是不知道，比如说什么？"

"我打赌你一定不知道为什么这个小村子里连一只狗也没有。"他大笑，口水四溅，"哈哈，从你的表情就能看出来；你的笨脑瓜从没想过这个问题——也许，你从来都没注意过没人养狗。"

我渴望飞到月球去。我渴望躲得远远的。

　　鲍说："现在谁是白痴？你甚至不知道是我的狗咬了你的胳膊和你爸爸。你不知道一开始就用木棍抽打那只狗有多么愚蠢。你也不知道乔用枪打死了我的狗。你当然也不知道乔挨家挨户地劝人们相信狗是危险的动物。你更不会知道我们为什么杀掉了所有的小狗。你一无所知，不是吗？我真替你难过，小姑娘，你就像你手里攥着的土块儿一样愚昧无知。"

　　我把土块儿朝他投过去。又捡起一块儿，再扔过去，土块儿令我满意地黏在他身上。"鲍·迪曼斯，离开这儿。马上从这儿滚出去。"

　　他说："别介意，我走了。"然后他像饭后散步一样从容地离开了。

　　回到屋里，我恰巧看见坎纳先生、独臂法利、疯子科拉和女巫威金斯在厨房争抢零食。两位男士穿着皱巴巴的西服，疯子科拉裹着蓝缎长袍，女巫威金斯一身黑色连衣裙，相当恐怖。

　　他们像鸟一样叽叽喳喳，议论纷纷。

　　"我要那些红樱桃。"

"开心果，开心果！"

"那不是开心果。"

"它们太脆了。"

"硌了我的牙。"

他们发现我进来了。

疯子科拉说："你和那个挡泥板一样的女人去过我家，对吗？"

女巫威金斯矫正她说："不是挡泥板，是抹布头。她们也想进我家。"

坎纳先生说："还有我的，把我所有的信件都扔了。"

法利先生补充道："还想带我出去散步。"

疯子科拉对大家说："你们知道，乔偷了我的狗。"然后她对我说，"乔偷了我的狗，还有她的。"她指指女巫威金斯。

"在一个死一般寂静的夜晚，偷走了它们。说它们会吃掉小孩子。"

他们像一群饿狼似的朝我围过来，我退后，退后，靠在了门上。

疯子科拉冲我晃着一块饼干说："当时，我相信了他。"

女巫威金斯说："为他难过。"

独臂法利说："那样的血流成河，那样的连声哀号，足以让一个大男人痛哭了。"

坎纳先生抓住椅背支撑自己，闭上双眼。"我不想再回忆了，太可怕了。"

女巫威金斯伸出细长的胳膊，用干枯瘦长的手抚摸我的头。"但是你在那儿，你知道。"

我凝视着他们每个人的脸。难道他们都看见了？难道全村人都看见了？

"可是我不知道。"我嘟囔着走出屋。

第 32 章
一捧泥土

　　我想去的地方是月球，能走多远走多远——到一个不讨论流血和死亡的清静之地。在那儿我能够看到黑鸟树村之外的世界，整个国家之外的世界、整个地球之外的世界，一个更大的世界。

　　我逃进仓库，爬上阁楼。接近傍晚的阳光在板缝间移动，照出一条条宽宽的光带，尘土拥拥挤挤地在上面跳舞。地板上覆盖着一层干草。房梁上匆匆跑过一只老鼠。

　　盛过鸡蛋的箱子乱糟糟地摞在一边，一根根窗帘绳子和破布条耷拉在窗边。在远处的墙边，隐约可见几个箱子。它们是结实的木箱子，捆着笨重的铜链，挂着大锁。我曾经总是坐在箱子的圆盖上玩骑马游戏。那两个平顶箱子可玩的花样就更多了，可以当杂货车、干草车、火车车厢、房子，甚至是岛屿。我没打开过箱子，不知道里面有什么，不过乔和努拉告诉我，一个是我爸爸的，一个是我妈妈的，还有一个是努拉的。

我问乔为什么我和他都没有箱子，他回答："我们没有破烂值得保存，内奥米。"

我以为里面装的除了破衣服、旧毯子之外没什么值得关注的。直到有一天，我听见乔对努拉说："你准备什么时候处理掉那些箱子？"

"为什么？我无权那么做。"她说。

"为什么不呢。里面全是死去的……东西。"

"它们不是死去的。乔，你别动它们。"

不晓得什么缘故，我的脑袋瓜认为那里面一定有什么活着的东西。那天晚上，我梦见自己的父母在箱子里被压瘪了，正在挠箱子，想要出来。他们叫我"内奥米，内奥米，帮我们出去——"

努拉努力安慰我说："嘘，好了。内奥米，都活着，就是你把他们救出来的。"

虽然我不明白她的意思，但总之，我平静下来。不过，从此以后，我都不再碰那些箱子。

现在，在阁楼，避开了葬礼的喧闹，我听见一个温柔的声音低声呼唤："内奥米，内奥米。"

我离开箱子，走过去看个究竟。

"内奥米，是我。"

是芬恩，他在阁楼的扶梯上。

"你吓死我了，我没听见你进来。"我说。

"你从来没听到过……除非我站在你眼前。"

我很高兴见到芬恩，但一整天都纠缠在关于狗和乔的议论之中，我有点手足无措。

芬恩指着箱子问："里面是什么？"

"杂物。"

芬恩有点与众不同，但我不确定到底为什么。他的装束和别人不一样，头发上粘着土，好像在阁楼里睡了一觉。他朝圆顶的箱子走过去，那是努拉的。"这个箱子有年头了，是不是？好吧，就是它了，我就想打开它。"

"内奥米，内奥米！"努拉在院子里喊我。

我走到窗户边。"我在上面，努拉。"

　　她手叉腰，抬起头，盯着我看了一会儿，然后回头扫了一眼屋子，然后再抬头看我。"如果可以，我也想上去待会儿。有人和你在一起吗？"

　　"没有。"

　　"赶快下来，听见了吗？"

　　"好的。"

　　努拉十二岁到美国之后，再没回过爱尔兰。她很少提及自己的家人，我知道的也就这么多：她父母去世多年，估计她的六个兄弟姐妹也都不在了。偶尔她会唱几句小时候的歌谣，有时讲讲她暗恋过的男孩，但总是草草结束在："哎呀，伤心欲绝，再也不会见到那样的小伙子了，内奥米。"

　　努拉和乔都不是沉浸在过去的人。乔年轻时生活一定也很艰辛，因为他说过："以前是以前，现在是现在，我干吗老回忆那些饿着肚子的穷日子呢？"努拉会补充说："哎哟，哎哟，还有冻僵的双手，冰冷的脚丫，夜晚的哭泣。"

　　等到葬礼结束，送走最后一个客人，努拉坐在后门的门廊下，望着远处的田地。我问她在想什么，她说："哦，内奥米。啊，我在想这些年和乔一起共度的日子，我们一起花了那么多时间、精力和努力——啊，没什么，全都——全都——结束了。她在胸前摆摆手，好像让种子随风飘散一样。"什么都没了，只剩这一捧泥土和摇摇欲坠的房子。"

第**33**章

漂洋过海：回访
卡瓦娜夫人

"他来了，西比尔，你的丁格尔来了。我把他带进来，然后你们两个单独谈。"派潘尼小姐推卡瓦娜夫人到壁炉旁，蹲下添火。天气已经转暖，但是太阳落山以后，结实的石屋还是阴森森地泛着凉气。

"派潘尼，我希望你留下来。我们需要你的帮助，把我的两只宝贝狗也领来吧。"

最近几晚卡瓦娜夫人睡得不好，双肩酸痛。她一袭深蓝色的细毛长礼服，搭配一双时髦而舒适的高跟鞋，戴着一串长珍珠和样式简单的纯金手镯。她一头纯净的银发，既没有灰色也没有白色，随意地拢在耳边。

"啊，西比尔！"丁格尔先生在卡瓦娜夫人面前优雅地鞠了一个躬说，"您永远那么高贵。"

"是吗？倒是你，丁格尔先生，我觉得你才是极致的化身。怎么会是没有家世的我。"

"人是会进步的，你表现得就相当出色，西比尔。"

丁格尔先生坐在卡瓦娜夫人对面。派潘尼小姐拉过来一把椅子，坐在卡瓦娜夫人旁边，漂亮的猎犬赛迪和麦迪卧在主人的脚上。

"现在，丁格尔，让我们谈谈正事吧。我们的计划进展得不顺利吗？接到你从美国打来的电话，我就一分钟也没睡过。谢谢你这么快就赶回来了。"

"很抱歉，西比尔，有麻烦了。我仔细考虑过了，也许说出来可以让你松口气。现在我就告诉你我知道的一切。太多了，但我必须先说的是：那些女孩提到过一个叫芬恩的男孩。"

卡瓦娜夫人向前倾了一下身。"你说什么？芬恩？"

"是的，芬恩。"

"太奇怪了。奇怪，但是……无论如何……太棒了。你不认为这太棒了吗，派潘尼？"

派潘尼把手放在脖子上，"嗯。"

两只狗伸伸懒腰，打个哈欠，翻了一个身。

"一切都按部就班，西比尔。当然，乔死了，令人难过，但最终反而使事情简单了。"

"聪明，"卡瓦娜夫人说，"聪明透顶！"她抬起胳膊，召唤乌鸦。"鲁克，听着。"

第34章

两只箱子

第二天早上，我感觉有一队奶牛从我身上轧过去。努拉站在院子里，鸡群围着她一通乱叫。约翰尼小姐正在大发脾气。咯咯，咯咯，咯咯，咯咯！努拉一手提着饭桶，一手停在半空。

"努拉？"

她神情恍惚地慢慢转身。

我接过桶，给鸡群分食。

努拉对鸡群挥舞着双臂。"这些——这些——没头没脑的鸡！别再傻乎乎地叫了！"

"努拉？"

"所有的事都——都，一团糟。"她转来转去，"糟透了。我们必须把这地方卖了，我们得搬家。"

我看着鸡群忙碌地东奔西跑，啄食，全然不顾我们的存在。

次日早饭后，莉奇出现在我家门口。她的脸和眼皮都肿着，面无血色。

"内奥米，内奥米，最恐怖的事情发生了。我必须告诉你，否则我会死掉的。没人要我了。"莉奇趴在我肩膀上抽泣，"不要我了。"

"别这么夸张，当然有人要你。"

"没有，听着，真的很惨。"她深吸一口气，断断续续地说，"科普赖特夫妇——科普赖特夫妇——"

"快说吧，莉奇。"

"科普赖特夫妇不要我了，他们没打算收养我。"莉奇失声痛哭。

"你怎么知道的？"

"他们告诉我的，内奥米。他们亲口告诉我的！我觉得我没法活了！"她大声地哭，上气不接下气。

努拉在阁楼找到莉奇和我，我们正靠在箱子上，发呆。

"姑娘们，你们挪挪地儿。我们今天要把这些箱子处理掉。注意！往后站！也许会有幽灵飞出来。"

我想我可能嘟囔了一句："现在？为什么是现在？"

"因为差不多到时候了。"努拉说。一定有什么事促使她下定了决心。"对我们都有好处。从哪个开始？内奥米，你选。"

从爸爸的箱子开始，我们用钥匙、锤子和螺丝刀把它弄开。最上面放着几张《雷文斯沃斯时报》。连载的题目包括：

一只狗袭击了儿童

黑鸟树村男子从恶狗口中救下女儿

遭遇狗袭女孩危在旦夕

黑鸟树村男子死于狗袭

枪杀恶狗

"天哪，"莉奇说，"太可怕了，看看这些照片——"

只有两张照片：一张是我爸爸躺在医院里，从头到脚缠着纱布；另一张是我在医院里，躺在枕头上的头小得可怜，一只胳膊和一条腿扎着绑带。我不敢想象那是我的脸。那个内奥米看起来失魂落魄。

我说："我不想看这些。"

努拉问："把它们扔了？"

"对。"我脱口而出，速度快得吓了自己一跳。我感觉那个父亲和小女孩在箱子里被关的时间太久太久了。

努拉把报纸放到一边，发现一个装相片的盒子。我打开盒盖，似乎要窥探别人的秘密。这些人是谁？有我爸爸吗？有另一个内奥米吗？和他在一起的那个女人——我知道是我妈妈，但我感觉不出和他们之间有任何联系。

一套军装、靴子和身份识别牌，告诉我爸爸曾经是个军人。"我是不是早就应该知道这些？"两本发霉的中学年鉴平放在箱底。每本里都有他的照片。他打篮球和棒球。那个爸爸看见我对这两项运动都不擅长，一定会失望的。

我始终认为乔没有留下箱子对我是一种解脱，我不需要装在箱子里的死东西。只要我闭上眼睛，就能看见乔在底下的工作台旁。我能听见他用螺丝刀撬罐头的声音。

努拉把准备扔掉和捐赠的东西放在一边，其余的再放回箱子里。莉奇在收拾报纸，突然朝我们伸出手说："什么？这是？看这个！我简直不敢相信——"

她还在看我在医院病床上那张照片。

"莉奇，我说过我不想看那些东西。"

"是，你说过。你不会相信——"她把报纸送到我面前，"这个！看这儿。"

我不耐烦地说："什么啊？我早看过了。"

"不是，这儿。"她敲敲我缠着绑带、躺在床上的图片问，"她是谁？"

"天啊，莉奇，她就是另外的那个内奥米。"

努拉也在研究那张照片。"你是说护士？"

我没注意到床边有个护士。

"对！"莉奇说。她的脸涨得通红，手在发抖。"她不仅仅是护士，她是我妈妈，我的亲生母亲。看这儿，内奥米。你见过她，很可能是她救了你！我早知道我们是有联系的。我早知道。"

莉奇把脸紧紧地贴在照片上，拿开，仔细端详，亲吻照片，再贴上。"我可以保存它吗？哦，求你了，给我行吗？"

努拉和我都目瞪口呆。

"难以置信，内奥米。这就像——就像——老天有意将我们安排到了一起。"

努拉平静地说："是啊，看起来的确是这样。"

努拉在想什么？她会不会在想，为什么老天从她的生活里带走了乔而带来了我呢？

莉奇紧握着那张报纸的时候，努拉已经转头收拾我妈妈的箱子。她说："我不知道里面有什么。"钥匙转了一圈，箱子开了。"我要是认识你妈妈就好了，内奥米。"努拉继续对莉奇说，"内奥米快一岁的时候和她爸爸搬过来的。"

我想知道之前我们住在哪儿。

最上面是一本粉色的空白育儿日记，下面是用皮筋捆着的一包卡片，我拿的时候散开了：

恭喜！是个女孩！

你的天使！

宝贝，祝贺你！

欢迎你，宝贝！

我的脑子有点乱，我问："这是在庆祝什么？"

莉奇和努拉交换了一下眼色，莉奇说："内奥米，你真傻，肯定是为了你的出生！"

妈妈的箱子装满了照片、贺卡和各式服装：一条淡紫色的舞会礼服、长筒靴、一条闪闪发亮的裙子。我每拿出一件，莉奇都像看见圣诞礼物一样惊讶。

"看看！""哇呜！"或者是，"内奥米，快看啊！"

我的感觉和她完全不同，我没办法分享她的兴奋。我对以前有一种隐隐的担心——好像有什么活的东西被埋在箱子里了，或者会出现什么意想不到的坏东西。

我陆续找出画着一颗心的木盒子、一本关于马的旧书、一盒弹壳，还有一幅画，上面有一条河，岸边有一排树。

莉奇似乎着了魔。"噢！内奥米！哦。""你应该留下它，内奥米！"或者是，"酷毙了！"她把书压在胸口，双手摇晃着弹壳，用手指描画轮廓。你会误认为我们在收拾她妈妈的东西。

努拉在一边把所有的东西码放整齐。

"我怎么了？"我应该有和莉奇一样的感受才对，或者至少能够认出一些东西。我以为我能说出："这是我妈妈的。"说得不容置疑。但是，我不能。

莉奇在检查一个破损的笔记本。"看这个，内奥米，这一定是你妈妈的笔迹。"她打开一页，上面写着"学会这些"！下面是一串我不认识的生物名词。空白处写有妈妈不同的名字：

凯瑟琳·金

凯瑟琳·迪恩

凯瑟琳·M.金

凯瑟琳·金·迪恩

凯瑟琳·迪恩夫人

安德鲁·迪恩夫人

我知道妈妈叫凯瑟琳，但我从不知道她结婚前的姓和中间的名字。我想"每个人都应该知道自己妈妈的全名"。

"M代表什么字？她中间的名字是什么？"

努拉说："猜不出。"

我们决定扔掉一些褪色的破衣服和所有的杂志。在把它们扔进垃圾堆之前，我匆匆看了几张卡片。上面的人我一个也不认识：弗兰妮、玛吉、菲丽丝和珍妮、弗莱迪和米克、洛克林夫妇、金德里克夫人。好几张都来自一个叫阿蒂的人，他总在名字后面画一颗心，一个男人这样做挺新鲜的。

我们把其余的东西放回箱子里。

当我们准备打开努拉的箱子时，莉奇突然对努拉说："科普赖特夫妇不要我了，他们没打算收养我。"

"怎么会呢？好了，好了，我保证他们会——"

"不会的！他们告诉我的，就在昨天。他们告诉我不准备收养我。好吧，他们说是他们没有能力，但我没听他们解释，因为我明白他们的意思。我清楚地知道他们不想要我，他们从来没想过要我，也永远不会想要我，我只能死了。"

"喂，喂，莉奇——"

"我是他们的累赘，我吃得太多。我不是什么都吃那么多的，我很后悔那天一口气吃了四片烤面包，可那是因为它太诱人了。哦，我会去哪儿呢？我是不是只能睡在迪普夫人杂货店后面的纸箱子里？还是——？"

努拉说："嘘，别担心。事情总会解决的。你还有其他的亲戚可以投靠吗？"

"没有，除了疯狂的老姨妈，一个也没有。她在英国，可能是苏格兰，也可能是爱尔兰。我宁愿睡在纸箱子里，也不愿意跑几千里路去和变态姨妈住。"

"你了解她吗？也许她根本不疯。"

莉奇生气地说："我确信她疯了。我妈妈告诉我的，那是她的亲姐姐，至于她的名字，也特别好笑，类似'派泥'或'怕你'，反正就是这类的。噢，我该怎么办？"

我曾经听过有人问努拉，我闯进他们的生活后她准备怎么办。努拉的回答是："顺其自然。"想到这儿，我觉得应该给莉奇一些至理名言，于是我说："莉奇，顺其自然吧。"但是她没听进去。

"说说容易，内奥米！你说得倒容易。"

努拉在鼓捣第三只箱子的锁，她说："这是我的箱子，是我从爱尔兰坐船带来的。它原来是我邻居家的，那个老头很同情当时的我——拜男孩芬恩所赐，让我家——"

"男孩芬恩？"莉奇说，"什么男孩芬恩？"

"努拉年轻时认识一个叫芬恩的男孩。"

"总之，因为那个男孩芬恩捣乱，我的家人把我交给了一对形迹可疑的夫妇，事实上他们买下了我。我陪他们到了美国，在一个大家族里干活，据说那时我十二岁。"

"买？"我问。

"对。他们付钱给芬恩——芬恩！好处费。然后他转给我父母很少的钱，说是因为帮我找到了在美国获得新生活的机会，而且我的行李费要从第一年的工资中扣除。他们没有说明行李费相当于我全年的工资。"

"你的意思是说，你干了一年却什么也没得到？"

"是的，内奥米，是这样的。并且，我也不是为一个大家族工作，我伺候那对声名狼藉的夫妇和他们一群邋遢的孩子。我从早上四点一直干到晚上十一点，天天如此，一年到头没有休息。"

　　莉奇说："太恐怖了，你怎么熬过来的？"

　　箱子盖砰地弹开，散出一股霉味，飘散在空气里。努拉
说："顺其自然。"

第35章

漂洋过海：神机妙算
卡瓦娜夫人

卡瓦娜夫人坐在长长的红木餐桌边，她在给派潘尼小姐讲她第一次到鲁克果园的故事。

"——帕迪也一样，不过那时他不叫帕迪——充满了甜言蜜语、鲜花和承诺。他给我找到一个帮厨的工作，就在鲁克果园。他做什么？他取走了我第一个月的工钱，骗女主人说会转交给我，然后他带着钱跑了。这个卑鄙的帕迪·麦克考尔。"

"无耻小人。"

"这么多年了，我猜他是逃到美国，找我妹妹去了。"

"但是，他没去。"

"是的，他没去。"

"你就像现在这个样子，带着一颗破碎的心，"派潘尼小姐拍拍自己的心，"为一个不值得的人伤心？"

"那时，我就是一个可怜的帮厨，只知道削土豆、倒泔水、喂猪和心痛。再没有什么比一个年轻姑娘心碎更令人痛苦的事了，是不是，派潘尼？"

"嗯。"

"我是个勤快人，真的。我很少见到男主人和女主人，但是见过一次就足以让我胆战心惊了。他们两个像篱笆桩一样冷峻、严厉，而且在需要帮助的时候也不会客套，只是说'拿这个''拿那个'或者'你非要这么吵吗'？从来不说谢谢，也从不把人看在眼里。"

"是的，是的，我听说的也是这样，说他们像巫师的脚趾一样冷酷无情。"

"有过之而无不及。"

"艾伯特呢？他好像和他们不一样？"

"噢，艾伯特，他们唯一的孩子。我来这儿的时候他十六岁。他妈妈称他是'小心尖儿'，他爸爸觉得他'先天不足，一无是处'。因此艾伯特宁静、体贴、敏感，喜欢画画，喜欢躺在草地上。"

"哦，艾伯特。"

"偶尔，我在菜园外面或去喂猪的路上能遇到艾伯特，自然而然地我们会聊聊。我记得有一天，我们站在厨房门外的时候，他妈妈从楼上的窗子叫他：'艾伯特！你在做什么？'她的语气好像看见艾伯特站在猪圈齐膝的泥巴里，弄脏了他精致的裤子一样。"

"嘁！"

"艾伯特的父亲——男主人，用苹果树枝抽打我。我三番五次地被他打。"

"无耻！"

"所以你应该能想象得出，当我们出走并且结婚的时候，他们会做出什么反应。嗯？难以想象吧！简直是山崩地裂。"

"我很吃惊你会回到这儿，西比尔。"

"我也不想，但是他父母去世后，艾伯特继承了这个地方。我可爱的艾伯特，他只想在果园里散步，在草地上晒太阳——现在，呜呼，他永远躺在那儿了。"

"可怜的艾伯特。"

"可怜的艾伯特。够了，派潘尼！今晚我不想再回忆了。我们玩个猎杀的游戏吧，怎么样？"

"哦，好的。我们从一沾上它就没停过。"

第**36**章

第三个箱子

努拉的箱子塞得满满的，东西快要溢出来了。我问她来美国的时候箱子是满的吗，我就像个白痴，她看着我说：

"我一五一十地告诉你，我坐船来美国时箱子里装了什么：两套不合身的衣服、一条围裙、一件男式睡衣、一床破被子、几张照片、一袋泥土和一包种子。"

"这就是全部？"

"所有的。泥土取自爱尔兰我家的院子。种子是——我想要的是花籽儿，但最后竟然成了胡萝卜籽儿。被子是我从父母的床上偷的，衣服和照片是从姐姐那儿偷的。"

莉奇的样子好像刚吞下一只老鼠："你偷的？"

努拉露出一种我从未见过的表情：狡猾，像只狐狸。

"我算过了，这是我应得的。毕竟，我的父母剥夺了我的家庭和生活——那时候，我就是这么想的——我姐姐偷走了我倾心喜欢的男孩。"

莉奇惊呆了："她偷了一个男孩？她怎么偷的？她绑架了他？为什么她没进监狱？一个人是怎么偷走另一个人的？"

"她没绑架他，莉奇。"努拉说，"她偷走了他的心。"

莉奇把右手使劲地压在胸前，护住心脏。

"你要知道我说的不是真正的心，明白吗，莉奇？"

莉奇挺挺腰，坐直。"当然了，我知道。"

我说："是芬恩，对吗？"

"芬恩！"莉奇重复了一遍，"那个男孩芬恩！"

"芬恩。"努拉承认，"男孩芬恩，可恶的男孩芬恩。"

莉奇问："你为什么会喜欢一个可恶的男孩，而不喜欢一个可爱的男孩呢？他做了什么？他杀人了？偷东西了？"

"他偷心，他撒谎。"努拉说。

莉奇的脸皱成一枚干杏。"也就是说，你姐姐偷了芬恩，你偷了衣服——每个人都在偷东西？"

"莉奇，如果换成你，我想你也会这么做的。真的。还有更多的呢。"她开始收拾箱子。"我们必须加快速度了，否则得干好几天。"她扯出最上面一个裹得严严实实的大包袱之后，一屁股坐在地上，小心翼翼地打开裹布，贴在包袱上，轻声呼唤着："乔，乔，乔，乔。"

我闭上眼睛，抚摸着包袱皮儿，看见他从田野走来。

"我的结婚礼服。"努拉低声说。她把包袱放在一边，盯着箱子发呆。她有点胆怯地又把手伸到箱子里，取出一个信封，打开。

"花园里的干玫瑰，我为什么留着它们？"她好像在冥思苦想。"这是什么？噢，两只乌鸦，什么人送给我的，想不起来了。也许是某个追求者。"努拉递给我和莉奇一人一只。

莉奇说："为什么是乌鸦？似乎不适合作为浪漫的礼物送人。"

我手里的这只稳稳地站在我的手掌上，比我预计的沉，也许是铁的，我莫名其妙地对它产生种似曾相识的感觉。也许努拉曾经把它们摆在房间里。

努拉从箱子里拉出一条破被子。"这就是我和你们提过的那条。还有，这儿，我从姐姐那偷的衣服和照片。噢，这是我从爱尔兰带来的小袋泥土，我老家院子里的——我必须闻一下，必须闻闻它的味道。"

她牢牢地抓住那个口袋。我以为她会再倒下去，但是她笑了，一个微笑慢慢绽开，很长时间以来我第一次看见真实的笑容出现在她的脸上。

"这就是土，是吗？"莉奇说。

努拉把手伸进口袋，捏出一点点。给莉奇，然后给我，她说："闻闻。闻到了吗？这就是爱尔兰。"

和黑鸟树村的土味确实不同，我承认它更多点蘑菇味或其他什么味。

"这些呢？"我拿起两张褪色起皱的照片，好像被随身携带了很久。先看到的一张大一点。上面有六个孩子——三男三女，各自带着不同程度的尴尬表情站在一棵枝繁叶茂的橡树前。全部光着脚，穿着不像样的衣服。

努拉凝神看着照片。"感觉很遥远。这是我，皮包骨头。那是赖利和马拉奇，他们两个死于战争。这个是托马斯和小诺拉，在照完这相片的第二年死于流感。"

她把照片举到眼前，又伸直胳膊挪开，一远一近地拉来拉去，仔细端详。

我问："她是谁？挨着你的女孩是谁？"

莉奇问："你的父母在哪儿？为什么照片里没有他们？"

"他们不想照。我猜他们是不好意思，或者迷信。"努拉说，有个流动摄影师经过他们的村子，她姐姐请求父母给他们拍了这张相片。"她太想要张照片了。她想看见自己长什么样——别人眼里的她。然后，当她看见照片的时候，差点把它撕了。她不停地哭，喊着'我看起来太穷了'。"

"哪个姐姐，是你旁边那个头发上戴花的吗？"我问。

"对，是她。"

"她叫什么？"

"西比尔。"

"她怎么样了？她也死了吗？"

"我不知道，也许嫁给可恶的芬恩了。"

我已经转向第二张照片了，但莉奇被努拉的话惊到了。"什么？你不知道你姐姐的事？怎么可能？"

努拉冷冷地回答："我们失去联系了。"

莉奇继续说："这太不幸了，她还在爱尔兰吗？"

"我不知道。"

"你不想查清楚吗？你没试着去找找她吗？"

"我们失散了，莉奇。"

"可是，如果她病了，只能活一周了，怎么办？如果，她还活着，经受着思念妹妹的痛苦，渴望相见，时间嘀嗒嘀嗒地流逝，她的妹妹——你——却没有及时找到她，岂不是天大的悲剧？"

努拉用手指抵住额头说："莉奇啊，莉奇，你总是有那么多问题。"

"内奥米，你觉得呢？你不认为努拉应该——内奥米，你怎么啦？你在看什么？是努拉偷的另一张照片吗？是谁？照片上有谁？"

有一个名字从我嘴里溜出来，那声音好像从另一个身体里飘出来的似的。"芬恩？"

莉奇抢走照片，目不转睛地盯着它。

努拉说："没错，内奥米，猜对了。"

第**37**章
重访孤苦伶仃的人

我们刚收拾完努拉的箱子，院子里就传来鸡群的嘈杂声。一个女人的声音传上来："莉奇？内奥米？穆德金夫人让我来找你们。"

教会的秘书站在鸡群中间，一边用脚轰鸡一边喊着："走开。喔哧，喔哧。"

"哦，今天是星期二吗？"莉奇问。

"是的。今天是星期二，你们没去帮助那些老人。"秘书说。

在去坎纳先生家的路上，我再一次给莉奇看努拉那张芬恩的照片。"你看他像芬恩吗？"

"我怎么知道？"

"不，我的意思是他像我的芬恩吗？"我被自己的话吓了一跳。我大声问出来的是"我的芬恩"，好在莉奇没什么反应。

"内奥米，已经发黄看不清了。"

"但是，你看这儿。这个男孩像我的芬恩吗？"这次我有意强调了——"我的"。

莉奇斜眼看了一下，抿着嘴。她把眼睛瞪得大大的。

"不像。"

"你确定吗？"

"哎呀，内奥米，我不知道！不要问我这种问题，尤其是，你知道我现在失落、孤独、担心，我害怕无家可归。"

我们到了坎纳先生家门口，穆德金夫人站在最上面的台阶上，手指敲着门柱。

"小姐们，全靠你们了。给你们这个铃铛。"她把老校铃塞到我手里，"干完以后摇铃叫我，不要忙忙叨叨地赶时间。我在隔壁。"

我想起了乔。他以前总爱说："听着，小姐。"不过他用"小姐"这个词的时候多半是在开玩笑。他会说："听着，小姐，我没你想得那么老。"或者是："听着，小姐，年轻时我也相当英俊呢。"

最近这几天，乔总出现在我的脑海里。他一直在。他还活着，只不过是去了别处，也许在田地里，也许在仓库里。

坎纳先生还是盛装打扮的样子。这次是立领白衬衫，系一条彩格围巾，黑色的马甲，笔挺的灰色裤子，锃亮的黑皮鞋。他指指旁边的桌子对我说："开始吧，拿最上面的一本，从夹着书签的那页开始读。"

我打开书翻到那一页。看了看故事的标题，然后环视了一下四周。

"开始吧，你的舌头被鸟吃了吗？怎么不说话？"坎纳先生说。

故事的题目是"芬恩·麦克考尔传奇"。即使大火点燃了房子，即使地震晃动了房子，即使台风击碎了玻璃，我也不会逃跑。但现在，让我念芬恩·麦克考尔的故事，我实在坐立不安。

我刚念了几行，坎纳先生就插话道：

"啊，芬恩·麦克考尔，我最喜欢的人物之一。"坎纳先生今天不再那么病恹恹的，他的头似乎也不像上次那样尖了。他重新靠在椅子上。"继续，接着念。"

芬恩·麦克考尔的故事展开了。他是爱尔兰的英雄，和妻子乌娜住在不败山山顶的城堡里。他们两个威猛高大，无人能敌。芬恩除了巨人库丘林谁都不怕，因为据说库丘林比他还高大强壮。

"这故事很有意思，是不是？"坎纳先生随时插话，"我喜欢好故事。"

一天，芬恩得知巨人库丘林来犯，他匆匆忙忙跑回家找乌娜，实际上是想找个帮手。

"说说她干什么了。"坎纳先生说。

乌娜设计了一个圈套。库丘林到的时候，芬恩躺在摇篮里假装是他们的孩子。经过几个巧妙的哄骗，库丘林应邀去看孩子。库丘林看见芬恩的孩子那么大个儿，心惊胆跳，他想成年的芬恩会有多庞大呢？故事的结尾是库丘林逃离了不败山，发誓再也不回来了。

"喔喔，太绝了，是不是？那个芬恩是个强大的人。"

"我反而觉得他妻子才是一个强大的人。"

"什么？"坎纳先生的脸又回到干杏脯的样子。

"她用智慧救了自己的丈夫。"

"得了，你根本不了解芬恩·麦克考尔。"

莉奇凑过来说："又一个芬恩？"

下一站是猪肉街，住在布拉德利夫人公寓的独臂法利。鉴于上次的经历，这回我们小心谨慎。法利先生以为会见到爱尔兰国王，兴奋不已。他穿着和上次一样的衣服：蓝牛仔裤、红法兰绒衬衫和棕色拖鞋，蜷缩在椅子里。似乎不记得我们了。

"你们想要对我做什么？"

穆德金夫人说明了我们的来意。"……所以，姑娘们来这儿是为了帮助你随便做点什么，或大或小，你看怎么样？你想让她们做什么？"

法利先生没做回答。他低头盯着自己的棕色拖鞋。我幻想着从窗口飞出去，只要能离开这个充斥着粉刷家具的味道、要憋死人的房间，去哪儿都好。展柜里有布拉德利夫人易碎的餐具和小塑像，每个小格子都像一个时间贮藏盒，不，整个房间都像一个时间贮藏盒，法利先生就是活体藏品。我又看见那铁鸟了。我凑过去，是两只乌鸦。

我拉拉莉奇的袖口："看这儿，有什么特殊的吗？"

"什么？埃菲尔铁塔？那只小兔子？"

"不是，那儿，那两只乌鸦。"

"它们怎么了？"

"像不像努拉箱子里的那两只？和追求努拉的人送的不是很像吗？"

"内奥米，你在说什么啊？"

"乌鸦——努拉箱子里的——"

我们一起望向法利先生，他还在研究自己的拖鞋。

穆德金夫人批评我和莉奇窃窃私语。"姑娘们，如果有什么想说的，大声说出来，让我们都听见。"

我挪到法利先生旁边。"法利先生，柜子里的那些东西是布拉德利夫人的吗？"

"哪个柜子？"

"在那边。"

"不是我的。"

"一件也没有？"

"一件也没有。"

"那两只乌鸦也不是？"

"不是。"

"那么，它们是布拉德利夫人的？"

"不是。"

"但是你说——如果不是你的，也不是布拉德利夫人的，那是谁——"

"雷恩，不要纠缠法利先生了。这样不礼貌。"

"内奥米，我叫内——奥——米。我没有纠缠他，我在找话题和他聊天。"

"听起来更像刁难，尼艾米。"

"是玛丽的。"法利先生说。

"什么？"

"玛丽-玛丽。"

我突然感觉自己被抛进了一个外国的嘈杂市场里，周围的人滔滔不绝地说着我听不懂的话："哇啦哇啦！呜哇呜哇！哇啦呜啦！"

"玛丽-玛丽，"法利先生念叨着，"玛丽-玛丽——玛

丽-玛丽——玛丽-玛丽。"他的声音一下子提高了，"玛丽-玛丽——玛丽-玛丽！听我说！"

"过来，孩子们，出去，出去。"穆德金夫人命令说，"出去，出去。"她带领我们走出去，关上门。"我得和布拉德利夫人谈谈。我担心法利先生需要的帮助不是我们能满足的，他需要得更多。我们好像刺激到这个可怜人了。"

第**38**章

狂风怒号

乔吸口气就能辨别出风的方向。"闻到香柏的味道了吗？那是南风刮来的。"如果他闻到青草味儿，就是西风；北风带来河岸的味道；东风则带来沙子和大海的气息。

从法利先生家出来的时候，风大了，裹起碎纸在空中乱飞，像无数只小白鸟在拍打翅膀。"沙子，海洋，"我说，"是东风。"

"你怎么知道？"莉奇问。"我可分不清是东还是西，我从来都不行，我总是稀里糊涂、晕头转向的。啦——嗯——嗯！好大的风！"她转过身，背对着风，一把抓住我的胳膊。"内奥米，我好害怕。为什么科普赖特夫人不要我？老实说，内奥米，如果没有你，我在这世上就是孤单一人，孤苦伶仃、无依无靠，你懂吗？我现在必须回家了，但是，我再也没有真

172

正的家了，对不对？我必须回到那个地方去等着，不知道什么时候他们就会把我抛弃。会是今天吗？还是明天？也许是后天？"

就在我忍不住要阻止她继续提问的时候，突然想起了乔，他说过莉奇能把死人说活，我笑出来，搂住莉奇。

"我不会让你无家可归的，小东西。"

她说："我知道。毕竟，我妈妈救过你的命。再见！噢，这可恶的风！"

狂风乱舞，横扫整条街道，卷起路边的沙粒，在高空结成鞭子抽在我脸上。飓风掀起百叶窗，撞上纱门。

我有预感在和莉奇分手后能看见芬恩。果然如愿。我知道他会在迪普夫人杂货店附近，一点没错。我也知道我们会沿着小溪，伴着东风散步，事实如此。

狂风席卷而来，撕扯着我们周围的一切，长草东倒西歪，我们在大橡树的庇护下自得其乐。我再问起芬恩从哪儿来，他的回答是杜凡。

我说："杜凡？我以前听说过吗？"

他用前额顶着我的头说："你在问我？"

"我在想它在什么地方——"

"爱尔兰。"

我的脑子里突然蹦出两个想法。一个是芬恩从天而降，也会转瞬即逝。另一个是我想要看看黑鸟树村以外的世界，离开这里的束缚，离开世代生根的这个地方，离开这个仅仅称得上是地球的一个小斑点的地方。

和芬恩分手之后，我回到法利先生家。

"法利先生，很抱歉，我又回来打扰你——"

"人人都来烦我。"

"我很抱歉，但是可以问您一个问题吗？"

"各个都来问我问题。"

"哦，是吗。"我站在百宝阁旁边，"您是说过，那些乌鸦是玛丽-玛丽的吗？"

"玛丽-玛丽！"他伸出手指着我，"玛丽-玛丽！"

"我可以看看那些乌鸦吗？可以拿一下吗？"

法利先生从椅子里站起来，比我预想得轻松。他从桌子的抽屉里拿出钥匙，打开柜子，把乌鸦放到我手上。

法利先生回到桌子旁，把抽屉翻了个底朝天。从最里面掏出一个蓝盒子，盒子里塞满了纸，他取出一个白信封递给我。

这是一张写着玛丽收的便条（不是玛丽–玛丽）。

我不知道是谁送来的，也不知道为什么有人给我送乌鸦。乌鸦！知道你特别喜欢鸟，所以，我想你可能会想留下它们。

我看了一眼署名，狂草，难以辨认。我又从头看了一遍，然后准备装回信封里。突然，我被电了一下。我凑近看那个签名，辨认出第一个词是：玛格丽特，最后一个词的首字母是 S。

我问法利先生："玛格丽特？你认识这个玛格丽特吗？"

"不认识。"

我仔细研究那个签名。会是什么呢？看起来有点像草莓或者是收容所①。

_____

① 英文中草莓是strawberry，收容所是shettering。——译者注

好在我跑回家的时候一路顺风，我觉得飓风快要把我吸到天上，直接送到月球去了。狂风吹乱了我的思绪。我担心令人恐怖的事情会如脱缰的野马般冲过来。我想知道是不是我们需要的人在恰当的时候能够出现。我在考虑是不是有什么无形的力量控制着我们的未来，同时有一股同样的力量把我们拉过去。我好像拐了一个弯，但是有点不对劲儿。

第39章

节外生枝的拜访

　　我本来计划直接回家，但是我的脚却把我带上了节外生枝的两条路。第一条路是去女巫威金斯家的。她的房子是灰色的，又尖又高，有宽宽的房檐。如果你能够想象女巫的房子什么样，那它就是什么样。房子歪向一侧，好像要偷听邻居家的谈话。风吹日晒使得外墙斑驳陆离。上面的百叶窗关着，不让光线照进去；下面的百叶窗在风中咣当咣当响。前院很小，杂草丛生。各种各样的石头小精灵、蟾蜍，还有蘑菇，守护着这所房子。

　　她没有马上来应门。屋子里传出细微的扑棱声和碰撞的声音，好像蝙蝠撞到墙上或窗户上的响动。有东西从里面砰地关上。是棺材吗？终于，咔嗒一声，门闩松动，露出一道门缝，仍然拴着粗粗的铜链子。

女巫威金斯从头到脚一身紫：紫色贝雷帽、紫色毛衣、紫色长裙，还有紫色拖鞋。灰白色的头发枯干地垂在半腰，脸上密布的皱纹仿佛千沟万壑一般。她解下挂链，让我进屋。

"我不会吃了你的，"她说，然后又补充道，"也说不准。"

大风把我推进客厅，一团漆黑。厚厚的深红色窗帘悬挂在窗户上，映得沙发和椅子一片血红。落地大座钟的钟摆有节奏地晃来晃去。没有棺材。两只黄鸟跟着一蓝一绿两只鸟嗖的一下飞进来。它们围着我打转。我闪了一下。

女巫威金斯说："没什么可怕的，它们是可爱的长尾小鹦鹉。"她学了几声鸟叫，一只落在她的胳膊上，一只落在她的头上。我觉得有一只停在了我的头上。第四只神气活现地飞到沙发背上。

"你有乌鸦吗？"我问。

"乌鸦？当然了，有很多呢。"

"我能看看吗？"

"看乌鸦？当然可以，谁都能看。"她示意我到窗边去，"姑娘，睁大你的眼睛。"

"我不是说真正的乌鸦，反正不是外面的乌鸦。我是说宠物。哦，不是，我其实不是说活乌鸦——"

"死乌鸦？你认为我有死乌鸦？"她把一只鹦鹉抓在手里，用拇指梳理它的羽毛。

"不，不是，是雕刻的，雕像。"

女巫威金斯抚摸着小鸟。"嗯，没有。我好像没有。你在找吗？你收集它们？"

"不是。"我偷偷摸摸地扫视整个房间，但我做得还是太明显了。

"你觉得我真的是个巫婆，是不是？"

"没有，没有。你是吗？"

"我们不都是吗？"她笑起来，绝对是巫婆的笑声。"我非常高兴人们把我想成巫婆，这样他们就全都远远地躲着我，没人来烦我了。"百叶窗在风中摇摆，一下一下拍在墙上。"哦——这风——自然是我的法力。"她面带微笑，"给我讲讲乌鸦的事。"

于是，我给她描述了努拉箱子里的两只乌鸦。我说完以后，她说："噢，那些乌鸦啊。乔一定对它们耿耿于怀。他恨那些乌鸦，因为不知道是谁送的。"

"你知道是谁送的吗？"

风更猛了，百叶窗撞在墙上，快要粉身碎骨了。

"够劲儿了，我得让风停下来了。她对着窗户摇摇手指。"十分钟就好了。"她努努嘴说，"努拉会不会在找你？"女巫威金斯把我领到门口。

"可是——"

"别急，很快你就会知道了。再见。"她放我出来，然后关门，上锁。

大风吹得我东倒西歪地直奔疯子科拉家，我刚爬上台阶，风就停了。

我敲门，等待。很快传来踢踢踏踏的声音，而且透过门上的窗纱我能看见一个驼背的身影正从大厅走过来。她把脸贴在窗帘上。

疯子科拉大声说："你想干什么？"

"哦——"

"那个女人和你一起来的吗？"

"没有，就是我自己。"一个人来见疯子可能不是什么好事。

疯子科拉笨手笨脚地开锁，然后使劲一拉，"你得推一下，卡住了。"

我侧身进屋的时候在想应该说点什么，我都不知道自己为什么到这儿来。

疯子科拉穿着一件肥肥的连衣裙，黄色的小花已经褪色，系着一条脏兮兮的蓝围裙，趿拉着一双淡蓝色的兔子拖鞋。她又矮又驼背，我们的眼睛几乎在一个高度。

"姑娘，你想要什么？还是你要卖给我什么东西？我什么都不会买的。我什么都不想要，什么都不需要。"

"我不是来卖东西的。"

"那你是来敛我的东西？如果是，我也什么都没有了。自从乔偷走我的狗以后，我就没再养过狗。"

"我不是——我没有，乔偷了你的狗？"

"就是他。你觉得我在撒谎？"

"没有，我就是不相信他会这么做。"

疯子科拉从围裙的兜里掏出一对玻璃杯，举到眼前，斜眼看着我。"是的，他就是这么做的。在那个冻死人的夜里偷走了渡鸦。"

"渡鸦？是黑鸟吗？还是乌鸦？"

"姑娘，这关你什么事？听我说，你不用替乔道歉。他急疯了，所以必须干点什么。虽然我像踩在钉子上的斗牛一样愤怒，但是我完全理解。一切都过去了。"

我不是来替乔道歉的，而且我也没觉得有这个必要。

似乎走廊里有嗡嗡的声音。

"去烤箱里拿点饼干。再见，回家吧，现在就走——"我穿过走廊，她站在原地。"也许有一天，我们这儿还可以养狗。"

第40章

漂洋过海：鬼鬼祟祟的人
卡瓦娜夫人

　　"派潘尼，快点，拿枪来！有一个鬼鬼祟祟的人。"卡瓦娜夫人坐在轮椅上在前院说，"把喊话筒也带过来。"

　　狗在房子旁狂叫，提醒她有外人来了，她看见了男人夹克衫的一角，然后有人低头躲在水桶后面。

　　她对拿着枪和喊话筒，正朝她走来的派潘尼说："我确信一定是他，那个骗子麦克考尔。"

　　"他又来了？还真是个执着的家伙。"

　　卡瓦娜夫人对着扩音器喊道："帕迪·麦克考尔！如果你再不出来，我就放狗了！"

　　沉寂。

　　"好吧，也许我该先开枪才对。"她对着树梢放了两枪，惊起一对乌鸦，拍打着翅膀飞向云层。

水桶后挥动起一块布。"投降！我投降！"

"让我看看你的嘴脸。"

"哦，西比尔，是我，芬恩——"

"让我看看那张脸！我早不是你的西比尔了！你也不再是我的芬恩！"

"哦，西比——哦——"帕迪·麦克考尔被赛迪和麦迪推着，蹭出来。

"派潘尼，如果你愿意，把我推近点，但别太近了。"

帕迪·麦克考尔耷拉着他乱蓬蓬的脑袋，跋拉着一双沾满泥的鞋子。

"你根本配不上芬恩这个名字，你这个恶棍。你永远只是帕迪。"

"哦，西比——"

卡瓦娜夫人说："帕迪·麦克考尔，我必须告诉你，只有我不在了，你才可能在恰当的时候抢走那个箱子。但不是现在，还没到时候呢。"

派潘尼添些木头在壁炉里。"你脸色不好，西比尔。我把火生起来，再来点雪利酒，怎么样？"她观察着火慢慢旺上来。"喂，西比尔？要不要雪利酒？然后，我们再玩猎杀游戏，好吗？今晚，你要当波罗还是马普尔夫人？"她转身看卡瓦娜夫人。"西比尔？西比尔？"

第41章 口信

一天早上，我和努拉刚刚吃完早饭就听见外面鸡群咯咯地通风报信，有客人来了。

一个男人的声音："你好？有人吗？"

我透过窗户看见他，低声说："是戴格尔杜格尔，我们理他吗？"

努拉说："藏起来。"

他执着地敲门，"有人吗？家里有人吗？"

努拉嘟囔着："咳，得了，来者不拒。你要是想躲起来就去后面吧。"

"你确定不用我留下来陪你吗？"

"是的。我能应付一个举止优雅的人。"

我站在后门边，远远地听见他说："夫人，我是律师丁格尔。"然后，我就溜出院子，跨过牧场，到小溪里去挖泥巴了。我很奇怪芬恩没来，但是自己也挺好。周围安静得几乎没有声音：鸟鸣伴着水声，小松鼠跳来跳去。泥巴在我的指间扑哧扑哧地响。我捏了两只乌鸦，让它们栖息在鹅卵石上晒太阳。

努拉在走廊里等我。

"内奥米，姑娘，我有事情告诉你。你最好进来，坐下听。这是出人意料的消息，不寻常的消息。"努拉拉我走进厨房。"我们边喝边说。"

"怎么了，努拉。"

"从哪儿开始呢？好吧，首先，丁格尔先生来过，记得吗？"

"当然。"

"不，也许，我应该从那儿开始——"

"努拉，别卖关子了！"

"好吧，好吧，是这样的：我的姐姐西比尔死了。"

"我以为你早就知道。"

"以前是我弄错了，但现在，她是真的死了。"

"我很难过，努拉。"

"我没想过听到这个消息会哭，但是……"

我递给她几张纸巾，轻轻抚摸着她的后背。

"那个丁格尔先生告诉你的？他怎么会知道？"

"他好像知道很多我们的事，内奥米。"

我想象不出我们有什么事值得别人关注，他又能知道什么。

"我觉得我们必须走一趟。"努拉说。

"去哪儿？"

"爱尔兰，我没说过吗？有人要我们去。"

"爱尔兰？在爱尔兰岛的爱尔兰？国外？为什么？"

"我说过了，我们被告知去参加西比尔的葬礼。丁格尔先生把一切都安排好了。"

"但是，这儿的房子——仓库——鸡群——"

"都安排了。丁格尔先生会照管的——他没说谁付的钱。但我敢保证不是西比尔。"

除了努拉和坎纳先生讲过的爱尔兰，我不知道还有其他爱尔兰。那里遍布仙女和小精灵，引诱你进入无底的黑洞。那里有无数的食人妖，能一口吞下十二颗人头，还有能抓住雷电的巨人。

"内奥米，我很不愿意接受这一切是随着西比尔的去世而来的，但是我真的很想再看看爱尔兰的土地和杜凡的森林。"

"所以，我想你应该去。"

"是我们，内奥米。我们两个一起去。"

"爱尔兰？真正的爱尔兰？我想知道莉奇会怎么说。"

努拉喘了口气说。"噢，我忘了告诉你莉奇的事！真不敢相信我竟然忘了，一切来得太快了，内奥米。我怎么能忘了告诉你呢？"

第42章

啦——嘚——嘚

努拉还没来得及告诉我，我们就听见莉奇来了。

"啦——嘚——嘚，啦——嘚——嘚，啦——嘚——嘚！内奥米，内奥米！"

努拉用手托着脸蛋儿。"我真希望早点告诉你。"

"告诉我什么？什么？"

莉奇冲进来了。"内奥米，内奥米！就像奇迹一样！就像一场梦！"她抓住我的肩膀，又抱起我转圈。"你相信吗？我实在不敢相信自己的耳朵。最开始，当然了，我吓得要死——我刚听说这些事的时候——他们怎么可能呢？所以我说，'不，不，不，永远不会！'但是当他们解释清楚以后，我感觉自己在做梦，或者是出现了幻觉，我从来没遇到过这等事，你了解的——"

努拉的手捂住了嘴。她看看我，看看莉奇，望向天花板，又看向我。

"还有，内奥米，我到现在也不明白这到底是不是梦。告诉我这是真的。告诉我。"

"告诉你什么是真的？"

"你这个淘气包，别拿我开心了。科普赖特夫妇说不准备收养我的时候，我伤心欲绝。差一点我就成了无家可归的人，只能睡在纸盒子里，没有枕头，没有毯子，可能只有一罐豆子作为晚饭。甚至更惨，只能吃垃圾堆里小猫剩下的食物，而且——"

努拉盯着天花板，脚不停地晃。

"我知道扯得太远了，但是我实在太激动了，我控制不住，我知道你也会和我一样兴奋的，还有——"

"行了，莉奇，别说了。现在告诉我你为什么这么激动。"

莉奇歪着头看看我，转向努拉，再看着我。"现在我可以说了吗？"

"是的。"

"我觉得你的反应有点怪，内奥米。我一直以为你听到那些消息以后会激动的。"

"什么消息，莉奇？"

"内奥米，傻瓜。你真是傻瓜中的傻瓜。好吧，我服了你了。我激动的是：我们要去爱尔兰了！爱尔兰！"

头顶炸开了一千个响雷。一个微弱的声音从我嘴里飘出来。

"我们？我们一起去……"

第43章

漂洋过海：爱尔兰

我透过飞机的舷窗第一次看见真正的爱尔兰。牧场连绵起伏，一座座的石墙或是篱笆把它们拼接在一起。飞机降落的时候，我们从天上下来，绿色从地上升起来。

司机已经在等我们。他是个灰头发的矮个子，机灵地自我介绍说："我叫帕特里克，在爱尔兰的名字里排行第四，前面的分别是肖恩、米克、芬恩。我负责给你们开车。"

他说得很快，我和莉奇基本上听不懂。我们肯定说了无数次的："什么？"但是，努拉却一点问题也没有。而且，她和帕特里克说话时，口音更接近他的而不是我们的。

我们在狭窄的弯路上颠簸行驶了三个小时，和我预想的完全不同。一路上我既没看见巨人，也没看见食人兽和小精灵。翠绿的丘陵和平整的牧场上遍布着吃草的羊群；湖泊绕出蜿蜒的银线。很快，汽车的嗡嗡声、周围宁静的风景线和莉奇无聊的喋喋不休把我带进了梦乡。

我的梦活灵活现。我看见芬恩远远地在草地的另一边招手，让我过去。我开始跑，但脚却陷进了泥里，莉奇用力推我。

我说："别推，你让我越陷越深了。"

"内奥米，醒醒。我们到了！醒醒，你这个瞌睡虫。睁开眼你会大吃一惊的！"

我们停在一段碎石路的尽头，两边是石头门柱。

"噢，不对，帕特里克，不是这地方。"努拉说。

"您说什么？"

努拉稀里哗啦地翻包。"看，这写着，让我找找——哦，在这儿，我们要去的地方是果园，'鲁克果园'。我觉得它应该是个有点乡村风景的地方，帕特里克。"

帕特里克摇摇头。"夫人，对不起，这就是我要把你们送到的地方。"他指着石柱上铸铁的标志说，"看见了吗？"

我们全都抬头去看。标志上醒目地写着：鲁克果园。

两个柱子的顶端分别站着一只乌鸦。

我捅捅莉奇："乌鸦，看见了吗？"

"我们叫它们鲁克。"帕特里克说。

"鲁克果园"仿佛是粒弹珠在我的脑子里蹦来跳去，
"鲁克果园"？

努拉用手绢擦着额头。她研究着标志又看看来路，最后
说："哦，那边，看见那边的小农舍了吗？就在那儿，看见了
吗？我肯定那才是我们要去的地方。帕特里克请开车带我们过
去吧。"

帕特里克摘下帽子，捋捋头发，重新将帽子戴好。他最
初的回答叽里咕噜听不清楚，但我猜他说的是："夫人，对不
起，我接到的指令是带您和小姐们到主屋去，请您再耐心等一
下，我们很快就到了，然后我再请示带您到那边去。"

第44章
派潘尼小姐

我们注视着眼前的石屋，三层高，有五个仓库那么宽。一条宽阔的碎石路蜿蜒通向前面的入口处，门口有两扇高大的门。道路两旁是精心修剪的灌木，从主屋到农舍有一条盛开着粉色和白色玫瑰的鲜花小径。

车旁边是一望无际的紫色花海。"熏衣草，我日思夜想的熏衣草。"努拉柔声说道。她转向帕特里克："我猜你一定会按照指示行事，所以你会走正门，但我希望没有人会指责你。姑娘们，坐好了，不要像长耳朵兔子那样在车里窜来窜去的。"

车子再一次嘎嘎吱吱上路的时候，努拉说："这地方好像似曾相识。不知道为什么，但感觉好像来过，也许是在梦里或者照片上见过吧。"

帕特里克在正门前停车，走上几阶石台阶，在走廊上摇响了垂在门边的长长铃绳。

努拉说："姑娘们，这实在是太莽撞了。我真不知道他们的管家看见我们未经通报就冒失地站在这儿，会怎么想。"

一扇门开了，探出一张女人的脸，一头黑发，整洁健康。她向帕特里克点头问好，然后看向汽车，我们三个像偷渡的一样挤在里面。那个女人双手十指交叉握在一起，朝我们走来，既没有面带微笑，也没有愁眉不展。

"太尴尬了。"努拉说。

那个女人敲敲车窗。努拉摇下窗户说："很抱歉，麻烦你——"

她上下打量了努拉，接着审视了我和莉奇。她把手伸进来，用一根细长的手指指着莉奇问："你是莉奇，对吗？"

莉奇缩成一团，躲在我背后。

她又指向我。"你一定是内奥米，没错吧？你是——"她拍着努拉的肩膀说，"你就是努拉，对不对？"

我们三个默默地点点头。

她笑容满面地说："太棒了！我，我是派潘尼小姐。"

"是你？"莉奇惊呼。

我得知我们应邀前往爱尔兰的当天，努拉还告诉我另外有人邀请了莉奇同去。那个人就是莉奇妈妈的妹妹，派潘尼，那个被莉奇一直说是"疯子"的姨妈。

一开始，莉奇拒绝这个意外的邀请。她对丁格尔先生说："决不，我不会漂洋过海去见一个疯子的。"

丁格尔先生努力向莉奇解释派潘尼小姐一点也不疯，而且告诉她在命运的安排下（加上他推波助澜的作用），派潘尼小姐一直陪着努拉的姐姐——西比尔·卡瓦娜。最后，他说努拉和我将与她同行。

"这是真的吗，千真万确？如果的确如此，我当然去。"莉奇说。她答应了丁格尔先生。

努拉让我们做好最坏的打算。"爱尔兰的住宿条件通常没有美国的这么好。设施都又小又旧，非常的破。房顶很低，房间阴暗潮湿。"

直到我们登上飞机，我都一直想我们将要住在地窖里，睡在干草堆上。

现在，我们脚踩爱尔兰的土地，派潘尼小姐站在车外，双手相握放在胸前，和莉奇常做的一模一样。"噢，天啊！真不敢相信是你们。"

"你太像我妈妈了，"莉奇说，"你的声音和她也有点像，你就是派潘尼姨妈？"我知道莉奇在想什么：你看起来不像是疯子啊！

"来，快下车。"派潘尼小姐使劲儿拉开车门说，"你们肯定累坏了。"

努拉说："那么，我们去哪儿？"

"这儿啊，"派潘尼小姐说，"当然就是这里。走吧，帕特里克会帮你们拿行李的。"

我们小心谨慎地从车里下来，莉奇和派潘尼小姐互相观察着对方。

"我希望你对我不完全陌生，不会一点印象都没有，莉奇。"

有史以来第一次，莉奇没有出声。

我们跟着派潘尼小姐（派潘尼姨妈）走进一间巨大的休息室，四周是黑白相间的大理石墙。在我们的右边，耸立着宽阔的旋转楼梯；水晶的枝形吊灯有草垛那么大，悬挂在天花板上；休息室的尽头是开阔的大厅；在我们的左边，穿过高高的拱形门是宽敞的客厅，落地窗上挂着金丝窗帘。

派潘尼小姐问："先做什么呢？你们想先喝点茶还是先梳洗一下，或者看看你们的房间，要不先去外边走走，呼吸一下新鲜空气？"

莉奇一直没说话。我从来没见她这么安静过，担心她是不是生病了。

只能靠我了，我大声说："看房间，夫人。"如果我们要住在仓库里的话，我想还是早点知道比较好。

我们跟着她爬上旋转楼梯，估计上了一百多级台阶以后，来到了铺满鲜花壁纸的走廊。走廊两侧，每隔十五到二十步，就有一扇关着的门。

莉奇小声对我说："这一定是家酒店。"

我从来没去过酒店，无从评论。

努拉、莉奇和我住在三个挨着的房间里。窗子对着后花园，一片绿色延伸进一个小果园。我的房间有壁炉，一个高大的橱柜（派潘尼小姐叫它衣橱），一把舒服的大扶手椅，各式各样的桌子和灯。喜庆的桃花壁纸把整个房间装扮得如同阳光明媚的花园一般。

我有点扛不住了,爬到奢侈的大床上,躺下。"我就在这儿待一小会儿。"我像泄了气的皮球一样瘫在柔软的枕头上,陷进软软的床垫里。我后来醒了一次,在漆黑的房间里,不知道自己身在何处,只模糊地记得床头柜上有鲜花。然后就继续昏睡。

一觉睡到第二天早上,我感觉有东西在啄我的肩膀。睁开眼睛,一只乌鸦正对着我。

"这怎么可能,"莉奇说,"我试了各种方法叫醒你,内奥米。你感觉怎么样?我已经在这儿好几个小时了。派潘尼姨妈准备给你喂点难喝的麦片粥,但是你要吃点烤面包和果酱,那是直接从果园摘回来的李子做成的、全世界最好吃的果酱。"

"莉奇,闭嘴。"我觉得昏昏沉沉的,不知道自己在哪儿。我在家里自己的床上吗?我病了吗?

"你也稀里糊涂了,内奥米?今早睁开眼的时候,我也搞不清楚自己在哪里。我猜有人绑架了我,或者我还在梦里,不过，最后我明白过来了，我在爱尔兰。"

我凑过去看莉奇拿着的东西。"这是乌鸦吗？"

"它是鲁克。还记得昨天帕特里克怎么说的吗？是这个地方的名字，想起来了吗？鲁克果园。"

第45章
蛇形桥和果园

努拉和我一样，也是睡到很晚才醒。吃早饭的时候她说：“我有一点晕头转向。”

“再来点李子酱吗？”派潘尼小姐问。

莉奇说：“看看我分析得对不对。努拉和卡瓦娜夫人，也就是西比尔，是姐妹，派潘尼姨妈和我妈妈是姐妹。”

这关系再清楚不过了。

“所以，派潘尼小姐是我姨妈，但是实际上，内奥米和任何人都没有关系。”

“我有，”我说，“我跟乔和努拉有关系。”

努拉朝前坐了坐，又挪回去，然后又向前探探，好像有话要说。

莉奇先跳起来。“不对，你没有。”莉奇坚持道，“你们不是血缘关系。"

"那又怎么了？"

"我是说，我刚刚弄清楚，我的确有活着的亲人——"

"有时候，你最好把你的想法留在自己的脑子里。"我说。

努拉和派潘尼小姐无助地相互看了一眼，她们似乎感觉到战争一触即发。

"透透气怎么样？"派潘尼小姐说，"我们出去散步，好吗？"

派潘尼小姐和莉奇并肩走在宽阔的石子路上。她们虽然刚见面，但看起来彼此有种天然的亲近，步调一致，举止协调。我发现自己不停地调整步伐配合努拉的节奏，而且在刻意地模仿她说话时的手势。

"内奥米，你到底在做什么？拿我寻开心吗？"

"不，不是。对不起。"

"你不高兴莉奇找到……亲人吗？"

"不是不高兴，我很高兴她找到亲人。不过，这也让我心惊肉跳。如果有人跳出来认我怎么办？"

努拉停在路中间。"你不希望那样吗？"

"不，我为什么希望那样？你、乔和我，我们在一起很幸福。"

"但是，乔已经——"

"乔很好。"

努拉抬头望望天，再低下头看着路，然后她转身回望着房子，说："内奥米，小姑娘，我一直在担心会有什么人出现，要带走你。"

"你担心？你也一直被这件事困扰着？"

"当然！我和乔很难接受，那种焦虑，你是闯入我们生活的大惊喜，我们花了很长时间才接受这个恩赐。也许，有时候我们保持的距离有点远，但是——"

"哦，可怜，我真可怜啊。"

努拉继续走路。"是啊，你这个邋遢的姑娘，赶紧抬脚接着走。我们不能整天站在这儿闲扯。"努拉从兜里掏出一个裹着绿布的小包，里面还有一层塑料布。她边向我摊开双手边说："看我带什么来了。"

开始我以为是沙子。

她说："是乔。没有他，我不可能再一次看见爱尔兰，不是吗？"

"我以为你已经埋葬了他的骨灰。"

"只是一部分——还有一部分在家里那个红色的饼干罐里。"她朝我挤挤眼，"我和乔也没有血缘关系，但我们是天生的一对，你不觉得吗？"

努拉捏出一些骨灰撒在一丛熏衣草里。"纯洁而美丽，你觉出来了吗，乔？嗯？"她又从口袋里取出一些，"再没有人比你和我更了解乔了，内奥米。我们是和谐的一家，你、我，还有乔。"努拉把乔轻轻地弹进玫瑰花丛。

一边是波浪起伏的绿地，无边无际；一边是玫瑰、熏衣草、木兰，繁花似锦。上午的这个时间，整条小路都笼罩在树荫里，脚下的土地虽然陌生却让人心醉，我们好像被施了魔法。

我们遇见了一个花匠，他结实健壮，穿着工装裤、靴子、衬衫，还打着领带。他自我介绍是迈克尔。他先在裤子上蹭了蹭手，然后和我们一一握手。他走过来的时候说："你的手臂受伤了，小姑娘？"

"没有。"

"狗咬的。"莉奇说。

花匠迈克尔点点头，好像这种事他已经习以为常。

派潘尼小姐让我和莉奇跑在前头。"沿着这条路走，你们会看见小河上有一座桥，过了桥就是果园。在果园里，你们可以随便撒欢，但是不许靠近仙环，离它远点。"

"真的有仙环吗？"莉奇问。

"货真价实。"派潘尼小姐说，"它很明显——就在果园的中间，挨着日晷。不许进入那个环。"

莉奇说："内奥米，你听见了吗？她说了我们绝对不可以进去。"

"我听见了，莉奇，我不是聋子。"

坐了那么久的飞机，又睡了那么长时间，可以奔跑实在是太好了。空气中有股什么味道，是咸咸的沙子？我们离海很近吗？还有清新的绿草和甜甜的水果味。我们在曲折的小路上赛跑，把最近一段时间的争吵统统抛在脑后，小山丘和牧场在灌木丛中时隐时现，低矮的石墙、短粗的小树和笨重的乱石若即若离。很快我们就跑到了河边，看见了那座与众不同的木桥。

它并不是直接横跨在开阔的河面上。相反的，它扭来扭去，忽左忽右；往右，往左，再往右，再往左。弯弯绕绕太多了，很难轻松地跑过去。

"你以前见过这种蛇形桥吗？"莉奇问，"我可是一辈子都没见过。我搞不懂，这样有意义吗？你能想明白吗，内奥米？"

"芬恩是不是提过蛇形桥？"

"他说过吗？"

"他在土地上画过。"

"哦，想起来了。就是那幅可笑的图？太巧了。"

在桥的尽头，有两根柱子，和正门入口处的那两根很像。每根柱顶都有一只大乌鸦（或者，像司机帕特里克说的那样，是鲁克），连接两根柱子的是一道精致的拱形标志，上面用铁铸着：

鲁克果园

入口边上是一排排的果树。

"鲁克果园是一个名副其实的果园。"莉奇说，"我从来不认为一个地方的名字有什么真正的含义，你这样想吗，内奥米？你曾经期待过这里是一个真正的果园吗？也许，这儿有——看！在那儿，乌鸦！"

"哇、哇、哇。"头顶传来乌鸦的叫声，"哇、哇、哇、哇。"乌鸦越来越多，大概有十多只，在树顶盘旋。

莉奇说："怎么办？这里有奢侈的酒店、李子酱、刚认识的姨妈、木兰花、玫瑰花、熏衣草、蛇形桥、果园、乌鸦——一下子太多。莉奇跑在前头，"沿着这条路走我们会看见小溪，我的脑子里装不下了，内奥米。"

再一次提到蛇形桥、乌鸦和果园，我又想起芬恩。不过，转瞬即逝。

我们被郁郁葱葱的果树包围着，无边无际。顺着路走，我们来到日晷，旁边就是仙环，周围环绕着拳头大小的蘑菇。环里是杂草和鲜花，有一条倒下的草形成的小路蜿蜒穿过草丛。

"真是仙环啊？"莉奇说，"我记得妈妈讲过。这难道不奇怪吗？他们在那儿又唱又跳。人和动物都不能进到环里去。

如果你闯进去，就会有特别特别恐怖的厄运降临。"

"比如什么？"

"我不知道，也许你的头会被拧下来，也许你会变成瞎子，或者突然消失了——砰的一下！"

我单脚站在蘑菇上。

"不要这样，内奥米，不要这样做。"

我用脚蹭着蘑菇。

"不要，内奥米。求你了。"

我把脚伸进环里，然后迅速地收回来。

"内奥米！"莉奇喊道。

"内——奥——米。莉——奇。"有人在远处叫我们。

莉奇说："你不听劝告，如果我们有什么不幸，全怪你。"

第46章

漂洋过海：暴风雨

让我们再看看黑鸟树村，飓风一直没停，刮来了厚厚的乌云笼罩在村子上空。更黑的云和更狂野的风紧随其后，抽掉树叶和树枝，卷走广告，掀翻屋顶，咆哮着横扫全村。风过之处，大门和百叶窗砰砰地关上。头顶雷声轰鸣，闪电炸裂。

猫在街道上打滑；垃圾桶在车库里乱撞；人们低着头躲进屋子。似乎全世界都在喊着："让我进去，让我进去。"

坎纳先生在屋里，坐在椅子上打盹，胸口放着《爱尔兰传奇》。在布拉德利夫人公寓里，独臂法利拿着一只铁乌鸦喃喃自语着："玛丽–玛丽。"

疯子科拉，脸贴在卧室冰冷的窗子上，注视着一只孤独的小鸡扑棱着翅膀跌跌绊绊地走在街上。女巫威金斯打开所有的窗户，让风灌进来。窗帘狂躁地旋转，杂志满屋乱飞，她美丽的小鸟都躲在了沙发下面。

　　电线被刮断了，垂在地上，像鞭子一样乱甩，嗡嗡声响彻全村，灯全灭了。

　　女巫威金斯说："来了，来了。"

第47章
真的? 假的?

我们回到主屋的时候,莉奇说:"这儿是这里唯一一家酒店吗?这是我们住在这个很豪华的地方的原因吗?肯定要花很多钱的。"

派潘尼小姐眨眨眼。"酒店?这里不是酒店。你们难道觉得⋯⋯"她张口结舌地看着我们。

"那又是什么呢?"莉奇说。

"这是鲁克果园啊,西比尔的家。"

努拉情不自禁地退了一步。"啊——"

我们这才知道鲁克果园属于西比尔·卡瓦娜。

在屋子里,我们见到了厨师多拉,她给我们端来甜点。她对我说:"你的胳膊受伤了吗,小姑娘?"

"没有。"

"是狗咬的。"莉奇抢着说。

门铃响了，派潘尼小姐去开门。

我们听见大厅里有个男人的声音。

"西妹。"厨师说。

"什么？"

我们朝大厅望过去，看见丁格尔先生站在那里。

"西妹，'西比尔的妹妹'。你们的耳朵有问题吗？"

莉奇一副咄咄逼人的样子。"我们的耳朵没问题。有时候，我们根本听不清你们在说什么。'西妹'是什么意思啊？"

"它的意思就是'西妹'。"

莉奇回到楼上时像个激动的斗士。"内奥米，你在想什么？那个丁格尔戴格尔——似乎认识所有人。我觉得派潘尼姨妈一点也不疯，你觉得呢？我可不希望！如果她是疯子，那么我可能也是个疯子，因为我们有血缘关系——"

如果墙离我近点，我宁愿一头撞墙。

"当你一脚踏进仙环的时候——噢，内奥米——嘿，你不觉得奇怪吗，丁格尔先生在那之后就露面了？我预感有什么坏消息。"

从驴子的耳朵里掉出来……

"内奥米，我彻底糊涂了。我们真在这儿吗？这是真的还是假的？"

"什么'真的假的'？"

"内奥米，有时候你让我头晕眼花。"

在我们刚才离开果园的时候，我本来想告诉她我看见了一个男孩躲在树荫里，我猜是芬恩。但是我没说。

我本来还想告诉她我在小路的一旁看见一块扁石头，上面刻着简单的图案：

F.M.

我也没说。因为也许男孩和石头都不是真的。

第48章
漂洋过海：风吹火起

　　整整三天，黑鸟树村大雨倾盆、狂风怒号。大树不再是笔挺的士兵，它们被连根拔起，倒在地上；小广告满天飞舞；防雨布在空中噼里啪啦地乱抖，好像拍打着黑色的翅膀；拖拉机底朝天翻在地上。雷声隆隆。闪电劈开了屋顶和大树。

　　坎纳先生在椅子上睡着了，《爱尔兰传奇》掉在地上。

　　独臂法利，在布拉德利夫人的公寓里，盖着蓝色的被子躺在床上，怀里搂着那对乌鸦。

　　一棵大树倒在疯子科拉的屋顶，砸散了她的床，不过幸好她没事。她恰巧在浴室，躲过了这一劫。

　　闪电炸开的时候，女巫威金斯被震了一下。她全身颤抖，头发竖立，两耳轰鸣。她看见有一道巨大的闪电划过村子上空，从天而降，击中了仓库的屋顶。紧接着第二道更加猛

216

烈，点燃了仓库旁边的房子。几分钟之后，浓烟滚滚。再然后，是火——仓库和房子一片火海。

第二天清早，二三十户村民聚集在乔和努拉家的院子里。到处是烧焦的木头和冒烟的焦炭，碎成黑块的家具，还有散落在废墟里的几个彩色的小东西——一个红色的饼干罐、一张黄色的唱片和一只蓝色的杯子。除此之外，什么都没剩下。

鸡圈没了，鸡群也没了。仓库就像一座荒山，还在吱吱地冒烟，有几根房梁参差不齐地搭在一起，尖尖的一头直直地刺向天空。那个圆顶的箱子盖像大乌龟壳一样扣在灰烬上。下面露出两只铁乌鸦的头。

布拉德利夫人从公寓过来，穆德金夫人也从教堂赶来，和疯子科拉站在一起。

"昨天还历历在目，过一天就面目全非了。"布拉德利夫人说。

"砰！"疯子科拉说。

"永远？"

"不知道。"

"谁去通知他们？"

"不清楚。"

"是女巫威金斯所为，你知道吧。"

"谁说的？"

"大家都这么说。"

穆德金夫人闭上眼睛。"让我们祈祷吧。"

"我可不。"疯子科拉说。

穆德金夫人说："主啊，请保佑——"

"我不祈祷。"

"这片土地和这儿的人们——"

"我不祈祷。"

"在这里辛勤工作的人们——"

"别祷告了。"

"我想祈祷就祈祷。"

"那就少提这儿。"

第 *49* 章
走出驴耳朵

我们得知大火烧毁了房子和仓库。

努拉告诉我们："彻底毁了，全没了。"

"那些鸡呢？"

"也没了。"

"房子、仓库，全烧光了？"

"一个不剩。"

莉奇脱口而出："你们无家可归了。噢，太糟糕了，太可怕了。这太让人难过了。"

那一刻，感觉好像有坏东西从驴子耳朵里被拽出来，的确太瘆人了。

第50章
漂洋过海：女巫来访

　　布拉德利夫人挎着蓝色的小包出去采购的时候，女巫威金斯走进永远敞着门的公寓，敲响了独臂法利的门。

　　"阿蒂，你在吗？"她问。

　　"哦？谁？"

　　"黑兹尔。"

　　门马上开了，好像他一直等着她来。

　　"我给你带来点东西。"她说。她把包裹放在桌子上，打开包在外面的报纸。

　　独臂法利迫不及待地靠过去端详，然后冲向壁橱，拿来那两只被当作玛丽-玛丽的鸟。他把四只鸟放在一起，说道："一模一样！"

　　她解释说这是从乔和努拉仓库的废墟里捡到的。"它们是鲁克，你知道的，不是乌鸦。"

独臂法利温柔地抚摸那两只新的。他把四只排成一行，然后又让它们面对面，两只新的对着两只旧的。"它们需要时间彼此熟悉。"他说。

"也许是重聚。"

独臂法利盯着她。"重聚？你的意思是——"

"我觉得它们曾经在一起过。"

"在一起。"他点点头，接着穿过房间，走到一个小桌子旁，拉开中间的抽屉，取出一张蓝纸。他小心翼翼地叠好，递给黑兹尔·威金斯。

第51章
安葬

　　我们排成一队：努拉捧着姐姐的黑色骨灰盒，派潘尼小姐，厨师和园丁，丁格尔先生，我和莉奇。阳光普照，树在小路上拉下长长的影子。我们在阳光和树荫间行走，一直到蛇形桥。

　　"对不起，努拉，"派潘尼小姐说，"西比尔喜欢让我带她跑着过桥，今天可以吗？"

　　努拉把骨灰盒递给她。派潘尼小姐用双臂搂住骨灰盒出发了。左、右、右。"呜喔！"她叫着。到达终点后，她说："好了，西比尔。我们又一次逃脱了。"

　　当我们迈进那个顶上有乌鸦的铁门时，派潘尼小姐指着在头顶栖息的乌鸦告诉我们，那是西比尔精心喂养的鲁克。沿着正中央的小路前行，路过苹果树、李子树和桃树。派潘尼小姐说："过不了多久就该摘李子了，桃子有点熟过头了。"

经过日晷之后，我们绕了一个大圈子避开仙环，然后在路的尽头停下。派潘尼小姐指着旁边一块新割的草地说："就在那儿，她想要待的地方。"

我们挖了一个小洞，大概一英尺见方，找来两块扁石头，并排放好。一块上面写着西比尔的名字，一块空着。

"为什么是两块？"莉奇问。

派潘尼小姐转向丁格尔先生。"最好让丁格尔先生解释，午饭后吧。这是西比尔复仇计划的一部分。"

"复仇？"

"你会明白的。"派潘尼说。

努拉把西比尔的骨灰盒安置在洞里以后，派潘尼又放进去一本书。"西比尔喜欢优秀的推理小说。"她说，"我想她会喜欢这个的。"书名是《葬礼之后》。

丁格尔先生把土铲回洞里，开始祈祷。

派潘尼说："回去之前，我想带你们看样东西。"她领我们走向一棵大橡树，旁边是成排的李子树。树坑的草地里有一块特意修剪过，压着光滑的灰石头，上面简单地画出：

F.M.

努拉发出一声尖叫。"是他吗？是芬恩的坟墓吗？"

"不是。"派潘尼小姐说，"西比尔来到鲁克果园不久，芬恩就带着她的工钱和心去找另一个姑娘了。西比尔在这块石头上刻出她破碎的心——她一直这么感性，你知道的。"

"是的，我知道。"努拉说。

"这块石头本来在上面的草场，就是刚才埋她的地方，但是芬恩的儿子芬恩巴尔死后，它就被移到这儿了。"她抬头仰望橡树的枝丫，"他就是从这棵树上摔下来的，虽然快是个成年人了，但还保留了一份童心。小孩子想要爬树的理由很简单，就是因为有树，对不对？"

我有一种怪异的感觉：我看见小时候的自己，在黑鸟树村从树上掉下来。也许我摔死了，也许我只是看起来还活着。

"太不幸了。"努拉说，"你知道芬恩的下落吗？那位父亲。"

"他的坟在杜凡墓地，紧挨着他的儿子。"

"唉。"努拉叹了口气。

"但是他一直在这里出没，迟早你会看见的。"

我猜努拉要晕过去了。"我会看见？"

"你知道的，他永远是个恶棍。"

第52章
奇妙的意外

丁格尔先生把我们召集到客厅，宣读西比尔·卡瓦娜的遗嘱。我很感激他让我和莉奇陪同努拉、派潘尼小姐、厨师和园丁一起参加，我期待着遗嘱中有意想不到的事。也许她会把一切留给厨师或者园丁，甚至是她的鲁克。

首先，丁格尔先生念了一些无聊的声明，类似卡瓦娜夫人立遗嘱的时候神志清醒之类的。我在想"神志不清"是什么样呢？我是"清醒"的还是"糊涂"的呢？

接着，他说："事实上，非常简单。我可以继续了吗？"他没等回答就念道：

多拉·卡波里尼，我忠实的厨师，我留给你银茶具、银烛台和——

226

"你名下的这个账户，"丁格尔先生说着递给多拉一个信封，她马上打开。

"噢！"多拉张开双臂惊呼。"老天啊！我可以去探望我妹妹了！她在美国，你知道的。"

丁格尔先生继续念：

迈克尔·坎纳，我忠实的园丁，我给你留下大厅的金钟、我亲爱的艾伯特的金怀表，和——

"这个账户。"丁格尔先生说着又递给迈克尔一个信封。

迈克尔怯生生地打开信封。"哦，这是真的吗？"他说。丁格尔先生确认无疑。他跳起来，抱住丁格尔先生，然后拥抱厨师、派潘尼小姐、努拉、我和莉奇。"真的吗？真的吗？"他坐下，又跳起来。"我要把我弟弟带来！他在美国，他现在还在吗？太棒了！"

然后，丁格尔先生让多拉和迈克尔走了。

"努拉和派潘尼小姐平分，"他说，"西比尔剩下的账户。啊哈，是一笔大数目。"

他分别递给两人一张纸。

派潘尼小姐只是扫了一眼自己的纸，她似乎早就知道上面写了什么。

努拉满面红光。"我在做梦吗？我睡醒了吗？"她用双手捂住脸。派潘尼小姐拍拍她的后背。

"还有，"丁格尔先生说，"西比尔明确指出，她是这样说的。"他照着遗嘱念：

派潘尼，我最信任的伙伴，努拉，我一直疏远的妹妹，我把鲁克果园房子的居住权和美景，以及土地的租金都留给你们，请在有生之年尽情享用。我只有一个要求：努拉必须同意和我一起葬在鲁克果园，派潘尼必须照顾鲁克。

"我好像没有完全明白。"努拉说。

丁格尔先生说："简单说就是，首先，西比尔希望你接受这个。"他递给努拉一个小白盒。

我们都凑过去争着看个究竟。里面装着一个精致的金手镯，带着一个简单装饰。

"这是，这是，哦，想起来了！"努拉说，"是一个鲁克，对不对？所以，她就是送我乌鸦的人，那两只黑鸟——那是两只鲁克。"

"她一直在关注你。"丁格尔先生说。

"哦，我却从没有！难道我真的完全错怪了她？"

丁格尔先生说："我可以继续吗？"同样他没等人说话就接着念：

我很后悔这么多年一直疏远我的妹妹努拉，这全怪那个可恶的男孩和我自己的无知。

努拉盯着丁格尔先生正在读的遗嘱说："我也是。我也后悔，西比尔。"

"还有。"丁格尔先生说：

多年以来，我对那些像我们一样，生活中得到太多承诺，却没有得到机会的女孩们产生了特别的同情心。

丁格尔先生停顿了一下，喝了一口放在桌边的水，继续：

我特意给两个年轻的姑娘提供了一个好的开端，内奥米·迪恩和莉奇·斯凯特汀在有生之年，可以享用这座房子和整个鲁克果园的财产。另外，如上所述，努拉和派潘尼有居住权，必须被善待和奉养。

莉奇和我对视。真的假的？

丁格尔先生说："还有几条规定。你们两个分别有一个独立账户，里面有同样多的存款，你们必须合理支配。你们的账户将由遗嘱的监督执行者监管，那个人就是我。嗯哼，C.丁格尔先生。"他继续读道：

……这样做的目的是给内奥米和莉奇提供受教育和旅行的机会，同时使她们有能力去帮助那些需要帮助的人。

"还有一条限制性条款。"他补充说：

最后，我要求内奥米和莉奇照顾我的两条狗，它们一直忠诚地陪伴着我。我请求你们给予它们无微不至的关怀和爱，它们曾经毫无保留地付出了这些，值得这样的回报。

丁格尔先生总结说："作为遗嘱执行人，西比尔也给我留了一笔钱，另外还有一个账户负责日常开销和厨师、园丁的工资，等等。"

他微笑地看着我们每一个人。"好了，那么，我们继续西比尔的复仇吧。"

"复仇？"努拉说，"怎么复仇？"

这要让派潘尼小姐介绍。"西比尔认为，首先，芬恩背叛了你和她，他利用你们的善心和你们的贫穷，骗取了信任和钱财，挑拨了你们的关系。"

"啊，"努拉说，"他是这样的。"

派潘尼小姐接着说："其次，她永远不能原谅可恶的卡瓦娜老爷对待她和他儿子艾伯特的方式。卡瓦娜老爷明确规定女人没有任何权利，甚至不如他靴子上的一粒尘土。因此，这就是西比尔对可恶的卡瓦娜老爷，以及那个恶棍芬恩的报复，让女人和姑娘们继承遗产，经营运作。"

"报复？"努拉说，"多有意思的报复啊。"

"你说的都是真的？"莉奇说，"我没神志不清吧？"

"内奥米？"丁格尔先生转向我，"你看起来，怎么说呢，有点蒙了？"

我的嘴里蹦出一个字，"狗？"

第53章
又一只箱子

也许任何突然的变化——即使是意想不到的好运——也会让你的世界掀起波澜。一瞬间，整个星球都倾斜了，我东倒西歪，不停地摇晃，我努力平衡自己。

努拉神情恍惚地走来走去。当我问她怎么看西比尔的遗嘱时，她说："我错怪了姐姐，我真的错怪了她。我很抱歉，很难过没能在她活着的时候见到她。她为我们做了那么多，内奥米，还有给莉奇的。"

"但是，如果你想回黑鸟树村怎么办？"

"我为什么那么做？"她说，"你和乔已经和我在一起了，"她拍拍口袋，"还有一袋黑鸟树村的泥土在我的箱子里。"她站在阳台上眺望辽阔的草坪和广阔的熏衣草园。"我回家了，不是吗？"

莉奇找回了那个喋喋不休的自己。"内奥米，我不明白为什么我们会遇到这种事。我们！我们就是两个一无所有的小女孩。"

"我不是完全的'一无所有'，莉奇。"

"你知道这像什么吗？这就像天上飞来一个东西，一个绝对让人意想不到的东西，不知道落在哪儿好。所以，就选中了咱们，两个一无所有的女孩。"

"我希望你不要再说'一无所有'。"

"我们再也不会无家可归，再也不会没有食物，我们能穿新鞋，穿合身的衣服，我们还可以养狗。噢，内奥米，我希望你能接受狗。因为，如果你不能，我们就要放弃所有这一切，而且，我一直渴望有一只狗，它们那么讨人喜欢，你看过它们的脸吗？你看过吗？"

我在担心那些狗，我不知道是不是能完成西比尔遗愿。表面上，这是一个非常简单的要求，但是，只要我闭上眼睛，就会看见它们朝我扑过来。不是真的，不是真的。可是，恐惧是真的，而且我不愿意告诉任何人。

莉奇还在唠叨："这儿到处都是绿油油的草地和青翠的树

木，有河有桥，还有一座长着那么多好吃的李子、桃子和其他东西的果园。我们可以上学，可以成为有教养的人，我们有能力去救济别人，而且——"

一天下午，我发现可以通过楼上大厅的阳台爬到屋顶上。高高地站在上面，自由地呼吸。我没有想到自己居然痛哭流涕，我竟然也没有克制住自己去想想原因。等我哭痛快了，感觉好像有人把莉奇、努拉和我拉上了一个天梯，展现在眼前的是一个等待我们去发现和了解的新世界。我在回想陌生人的好意。我在考虑那些狗和这个从天而降的大惊喜。

脚下是碧绿的草场和蜿蜒的小路，怒放的玫瑰和熏衣草。似乎一切皆有可能。我看见无数的梯子从天而降。

当我从屋顶下来的时候，努拉站在阳台上问我："内奥米，准备好接受幸福了吗？"

那天晚些时候，派潘尼小姐问我和莉奇是否愿意帮她"一个小忙"。她说，在小农舍里有一只箱子，需要"研究"。

莉奇说："当然了，我们愿意。收拾箱子是我们的拿手好戏。"

莉奇和派潘尼小姐情投意合，相处愉快。莉奇告诉我："派潘尼姨妈一点都不疯。她唤起了我很多关于妈妈的记忆，有点不可思议。"同样，派潘尼小姐看着莉奇在草地上像阵风似的奔跑跳跃，也会说："太像我姐姐了——她的妈妈。太像了。"

在小农舍外面，派潘尼小姐说："虽然，这个小农舍已经属于你们两个了，但是西比尔建议还是由我先查看这只箱子。你们知道帕迪吧，也叫芬恩，知道吗？"

"知道一点。"我说。

"这只箱子是他儿子芬恩巴尔的。"

"那个死了的男孩？从树上掉下来的男孩？"莉奇说。

"就是他。"

派潘尼小姐说，很多年前，芬恩巴尔在果园里工作，他就住在这间农舍里，他死了以后，东西就被封存在这只箱子里。

她开锁、推门，蜘蛛从门框上嗖嗖地爬下来。

"哦，我可不太喜欢蜘蛛网密布的地方。"莉奇说。

我看见一架子乌鸦雕像正对着我们，吓得倒退了一步。

"哇呜，太阴森太可怕了。"莉奇说。

派潘尼小姐说卡瓦娜家族习惯把它们当作纪念品送给客人。"老主人死后,西比尔送给努拉一对。"

"她为什么不写张纸条告诉努拉是谁送的呢?"

"这是西比尔,她喜欢神神秘秘的。我必须承认,我也送了一对——没写留言,故弄玄虚——给我的姐姐,玛格丽特。那时她在雷文斯沃斯的医院工作。"

"哦。你送给莉奇的妈妈,然后,她又转送给了玛丽-玛丽。"

莉奇困惑地问:"你怎么知道的?"

于是,我给他们讲了在法利先生家看到的那张署名玛格丽特·S的人送给玛丽的纸条:

"我不知道这是谁送给我的……乌鸦!我知道你非常喜欢鸟……我想你会高兴得到它们的。"

"所有这些乌鸦现在都是我们的了,派潘尼姨妈?"莉奇问,"我不是贪心,但是这一切都归我们了?"

"是的,"她说,"但是,如果你们想要有大的变动,必须先和丁格尔先生商量。"

"当然，"莉奇说，"我们会的，是不是，内奥米？"

我还不能判断这一切是真是假，但是我准备接受了。"对，对，我们会的。"

派潘尼小姐说："有一个关于芬恩巴尔的故事。哦，不，我不应该说的——"

"快讲讲！我要知道全部！"莉奇说。

我意识到我和莉奇的不同。我对已经知道的故事细节没有兴趣；我喜欢留有余地。

派潘尼小姐挪动椅子和箱子，给自己腾出地方走路。"好吧，我告诉你们。不过，这只是个传说而已。芬恩巴尔——我们叫他芬恩，和大多数人一样，在果园干了好几个夏天。我的妹妹，玛格丽特——莉奇，就是你妈妈，认为他就是老天派下来的，让我们爱慕的对象。后来——成为我们争吵的对象。"

派潘尼小姐把手放在胸前，这个简单的动作让我想起莉奇，也让我怀疑是不是派潘尼小姐的心也被芬恩伤害过。难道这是全天下女孩的命运吗？无疑，男孩子的心也受到了伤害，不是吗？我的脑子里走过一队人：努拉和乔、西比尔、坎纳先生和独臂法利、疯子科拉和女巫威金斯、布拉德利夫人和穆德金夫人。是否每一个人都带着新伤或旧痛？

"一天，"派潘尼小姐继续说，"芬恩告诉玛格丽特他一直在仙环里挖掘。哦，这让你妈妈很担心，莉奇，因为大家都知道不能在仙环里胡闹的。"

莉奇转向我："我告诉过你吧，内奥米。"

"还有更糟糕的，芬恩说他挖到了一袋子金子。玛格丽特忍无可忍，抄起面口袋打他，结果到处都是面粉，他们两个也像小鬼一样。她命令他把金币放回去，你们不知道，他第二天就死了。"她再一次把手贴在胸口。

"他把金币放回去了吗？"

"我不认为那地方有什么金子，即使有，就算他放回去也太晚了，不是吗？"

莉奇说："让人毛骨悚然，我真希望你什么都没说。"

我们找到箱子，借助钥匙和螺丝刀掀开盖子。一束熏衣草弹出来，鲜活欲滴，好像有人刚摘下来藏在了里面。最上面是一件旧大衣和一条围巾，还有一床洗糟了的旧被子。

"没什么特殊的东西。"莉奇说。

　　我翻出一双磨破的皮靴，一副毛手套，一件厚毛衣。还有几件衣服和一个小盒子，里面有镜子、梳子、两把钥匙、几颗脱落的纽扣，还有一张类似身份证的卡片，皱皱巴巴的，好像一直随身带着。在盒子的最下面，有一个小弹簧锁。

　　我把它鼓捣开，露出了另一个小格子。那里面有一个麻袋，我把它掏出来的时候，叮叮当当地响，似乎里面盛满了硬币。

　　"啊！"口袋掉到地上。

第54章
漂洋过海：邮件

在一个风和日丽的日子里，邮递员的声音在黑鸟树村响起来。

在教堂外，穆德金夫人仔细检查着手里的支票，反复读上面的留言："匿名捐赠。请用这些基金帮助需要帮助的人。"她来回研究那张支票，对着光看。"这是真的吗？"

路边，科普赖特夫人打开一个信封，大声叫她的丈夫。"过来，看看邮件里有什么。"

科普赖特先生正躺在沙发上，报纸盖在脸上。"我不知道，和我无关。"他说。

科普赖特夫人笑了。"那好吧。"她把支票插进钱包。

疯子科拉和她的儿子一起坐在走廊上，监督工人修补屋顶，邮递员递给她一个信封。

"喂，看看，多拉的来信。她要来了。"

"大老远地从爱尔兰来？"

"是的，我应该擦擦玻璃才好。"

托马斯·坎纳先生手里拿着一个信封，翻来翻去，举到窗户边。他坐回心爱的椅子里，开始看他哥哥的来信。一遍，两遍，三遍。他把信夹在《爱尔兰传奇》里，把书贴在胸口。

"我要去爱尔兰，"他想，"终于可以去爱尔兰了。"

傍晚，有两个男孩站在乔和努拉家的仓库废墟里。高一点的男孩是鲍，用靴子踢着灰烬说："也许能找到什么。"

"差不多都翻遍了。"另一个男孩说。

前一天的夜里，在离他们所站的不远处，冒出了一圈蘑菇。

"我什么也没得到。有人给我们财产吗？他们为什么那么做？女孩内奥米和那个老女人怎样了呢？她们遇到什么事了？”

　　“她们会平安无事的。”

　　“你凭什么这么肯定？”

　　“感觉，全凭感觉。”

第55章

精灵金币

在芬恩巴尔的箱子当中找到的那个口袋里有六枚金币。

"哎呀，"派潘尼小姐由于害怕，退后一步，说，"精灵金币？"

"不要动！"莉奇说。

第二天早上的邮件——或者像派潘尼小姐说的那样，叫作"信件"——是一个寄给我的信封，里面有一张蓝色的纸。上面七扭八歪地写着一首诗——或者是个故事——也许是像故事的诗：

有时候，我觉得天上的云就是一个等待生命的婴儿，

拂晓，我爬上屋顶，看着婴儿舒展；

有时候，我觉得天上的云就是巢里的小鸟，

拂晓，我爬上屋顶看小鸟飞翔；

有时候，我觉得天上的云就是一个等待开启的故事，

拂晓，我爬上屋顶翻阅故事；

那故事关于我、关于云、关于屋顶。

——内奥米·迪恩，八岁

背面写着：

亲爱的法利先生，

　　你的胳膊让我很难过，我了解那种感受，希望你喜欢这首诗。

　　后来，我想起我写诗的时间了。那是他回到黑鸟树村不久，我在公寓外见到他的时候。鲍和另外一个男孩站在角落里，用手指着他哈哈大笑。我气坏了。回到家写了这首诗送给他。我把这事完全忘在脑后了，不明白他为什么现在寄还给我，而且他是怎么知道地址的。

在纸的最下边，是淡淡的铅笔字：

我喜欢你的诗。

你的朋友，阿蒂·法利

信封里还有一张方纸，上面清秀的字迹写着：

内奥米：

阿蒂遇见你妈妈的时候，她在医院做帮手。她是为数不多的几个对他友善的人之一。

真诚的

黑兹尔·威金斯

难道在空中有一张精密的网，用丝线把我们全部织结在一起？

第56章
漂洋过海：千真万确

在黑鸟树村，迪普杂货铺里，人们在谈论神秘的信件。

"我听说穆德金夫人——"

"疯子科拉怎样了——"

"我看见一箱子从雷文斯沃斯运到女巫威金斯家的鲜花——"

"不可能！"

"千真万确。我姐姐的姐夫在那儿工作，他说有人给女巫威金斯订了超大一捆玫瑰。"

"谁？"

"丁格尔戴格尔那小子，我听说是。"

"不会的！"

"千真万确。"

第57章
站在月亮上

丁格尔先生拿了一枚金币去做鉴定。他说："把六枚一起拿走会引起怀疑或者嫉妒，所以我会说这是我伦敦一个有钱的客户的。"

走之前，他又说："这段时间，内奥米，你要好好考虑一下狗的问题。"

狗。

对狗的恐惧像膨胀的土块儿，充满了我的身体，让我感觉不堪重负。西比尔的狗暂住在丁格尔先生家，期待着回到鲁克果园的日子。莉奇说："内奥米，我有个主意。你愿意听听吗？我们先带过来一只——拴着——你就站在旁边，也许可以让它闻闻你。我们把赛迪带来，派潘尼姨妈说它特别温驯。然后，明天，或许可以两分钟，再三分钟，以此类推，直到你感觉没问题了。好吗？你愿意试试吗？试试吧，好吗？"

第一天，要命的一分钟。我哭了。

第二天，要命的两分钟。我哭了。

第三天，要死的三分钟。我吐了。

那天傍晚，莉奇和我在蛇形桥下的小河里找泥巴。我们捏了很多狗，把它们放在桥栏杆上晒干。去给西比尔扫墓的时候，我手里还攥着一块湿泥巴。后来我们又去看了芬恩巴尔在橡树下的石头。

"可怜的男孩，芬恩巴尔，"莉奇说，"内奥米，想想吧。如果他长大成人了，也许我妈妈会和他结婚，那样就不会搬到美国，也不可能救你的命了。"

我在芬恩巴尔的石头边跪下。"莉奇，我们不知道她救没救过我的命。"

"好吧，是我知道，"莉奇说，"如果不是她，你也许早死了。"

"你太矫情了。"

但是，我在思考所有让我们活下来，而且来到这儿的那些纵横交织的事，我要把它们搞清楚。我在思考我们仅知的几件事和大量我们无从得知的事，不知道在什么地方，它们全都绞在一起，扑朔迷离。

接下来那个星期的星期三，我站到了月亮上。我看见耀眼的蓝色地球裹在白色旋涡里。我看见了它原来的样子和将来的样子。我看见了它的渺小和它的宏大。

那天，我看到了赛迪的眼睛深处，并且爱上了这只黄白相间的猎犬。

很快，麦迪也加入了。它们的眼睛、它们的脸孔、它们温柔的举止，还有它们丝般的毛发，让我如醉如痴。

我和莉奇带它们出去的时候，它们奔跑、打滚、打闹、相互依偎。它们围着我们跳，靠着我们的腿休息。

我明白我错过了什么。

丁格尔先生带着金币回来的时候说："鉴定师惊呆了。他说，的确，这看起来是真正的黄金，但是他不想碰它，也不想把它留在店里，因为这个标记。"丁格尔先生用一支笔点了一下硬币中间的半月形缺口。"这明显是精灵金币的标志。"

"我认识它。"莉奇说。

我希望把金币塞回到驴耳朵里，这么说来，我就要把乔关于驴子耳朵的故事讲一遍。

丁格尔先生说："我觉得你们可以这样做，把它塞回驴子的耳朵。"

"什么？"莉奇说，"什么？"

"莉奇，你明白我们不是真的要把它放进驴子的耳朵里。"

"噢，我明白。"能看出来她的脑子正在飞速运转。"那么再把它埋回仙环吧，这是唯一正确的做法。"

然后，我们去了，更确切地说是我一个人这么做了，因为莉奇拒绝进到仙环里面去。

莉奇觉得有必要向精灵们道歉，她说："对不起，那个芬恩巴尔偷了金币。我们不是有意碰它们的。"

接下来，我们整天带着狗在果园里散步，在小溪里蹚水，挖泥巴，在巨大的房子里漫游。努拉虽然思念乔，但是她愿意待在鲁克果园；派潘尼小姐虽然怀念西比尔，却也为找到外甥女莉奇而满心欢喜。

莉奇兴奋得有点过头。每天早上她都大喊大叫："我们有家了！李子酱！"她冲到客厅再飞奔上楼。"我们就像姐妹，内奥米，你和我——但我们不会彼此生气，也不会为了一个男孩拌嘴、分道扬镳。我们会吗？我们永远不会！"

我呢？前一阵子，有一天晚上，我梦见自己在找回到黑鸟树村的路。我跟着一只乌鸦走，但是在蛇形桥上迷路了。后来我来到一个干草库里，有人在喊，"玛丽，玛丽。"接着是"内奥米，内奥米。"我告诉那个声音说："内奥米不能留下，她站在梯子上。"最后，我骑在乌鸦背上飞回了爱尔兰。

醒来的时候，我感觉如释重负，一身轻松。莉奇和我有了遮风避雨的屋檐，我们有食物，我有努拉和派潘尼，我们有梯子和狗，小溪和泥巴，我们彼此拥有——共同承担一切幸福和悲伤。

最好没有太多的悲伤，我祈祷。

在我们来了大概一个月以后，有一天，我坐在仙环旁边的橡树上，莉奇在附近摘李子。两只狗在树下闲逛，不停地闻闻掉在地上的水果。鲁克在头顶飞旋。

"啦——嘚——嘚，"莉奇又在唱歌了，"噢，啦——嘚——嘚——嘚！"

我先看见他的。他朝我走来，发梢上跳动着阳光，脸蛋上长着雀斑。

"嘿，树上的姑娘。"他说。

"噢，啦——嘚——嘚，啦——嘚——嘚——嘚。"莉奇放声歌唱。